大萝卜和难挑的鳄梨

· 村上Radio

﹝日﹞村上春树 著
﹝日﹞大桥步 图

施小炜 译

南海出版公司

新经典文化股份有限公司
www.readinglife.com
出 品

目 录

前言 时隔十年的回归　1

蔬菜的心情　3

汉堡包　7

得感谢罗马城　11

派对是我的弱项　15

说说体形　19

随笔难写　23

无医生国界组织　27

大酒店里的金鱼　31

Anger Management　35

凯撒沙拉　39

所谓"Meat Goodbye"　43

奥运会好无聊？　47

右，还是左　51

终极慢跑道　55

不必做梦　59

写不成信　63

Office Hour   67

鲁莽的小矮人   71

你好啊黑暗，我的朋友   75

年过三十的家伙们   79

奥基夫的菠萝   83

简直就像头豹子   87

干脆就算了吧   91

在魔鬼与蔚蓝深海之间   95

出租车的车顶之类   99

恰到好处   103

报纸？那是啥玩意儿？   107

交流大有必要   111

月夜的狐狸   115

你喜欢太宰治吗？   119

别人的性事笑不得   123

那时我喜欢书   127

手机呀，啤酒起子呀   131

大杯焦糖玛奇朵   135

美味鸡尾酒的调法   139

海豹之吻　143

鳗鱼店里的猫儿　147

住在玻璃屋子里的人　151

希腊的幽灵　155

一人份的炸牡蛎　159

自由、孤独、不实用　163

大萝卜　167

从这扇门进来　171

难挑的鳄梨　175

得穿西装啊　179

非凡的头脑　183

知道《塞西亚组曲》吗？　187

决斗与樱桃　191

挑战乌鸦的小猫咪　195

男作家与女作家　199

June Moon Song　203

威尼斯的小泉今日子　207

后记　有幸为村上画插画（大桥步）　211

前言 时隔十年的回归

这本小书是将《an·an》上连载了一年的文章结集编撰而成的,顺序依照连载时的原样。约莫十年前,我也曾在《an·an》上以相同的标题写过连载,后来忙于写小说,就无暇顾及随笔连载了。耗时三年终于写完了长篇小说《1Q84》,大约是卸下了肩头重荷吧,一个念头便油然而生:"好久没写过随笔啦,不妨量产一批?"

写小说时,小说家脑中必须有许多抽屉。微不足道的小插曲、小知识、小记忆、个人的世界观(之类的东西)……写起小说来,这些材料随处会有用武之地。但倘若把它们以诸如随笔的形式漫不经心地抛出去,就无法在小说里派上用场了。于是我(或许是?)吝啬了一下,悄悄地把它们藏进了抽屉中。然而小说一旦写完,便会剩下些未曾动用的抽屉,其中有些材料似乎就可以用于随笔。

我的本行是写小说,基本认为随笔就好比是"啤酒公司生产的乌龙茶"。但世上也有许多人认定自己"喝不来啤酒,只爱乌龙茶",自然不便偷工减料。而一旦决定生产乌龙茶,那么目标直指生产出全日本最美味的乌龙茶,就是一介写作人理应拥有的气概。话虽如此,我其实倒是优哉游哉、比较随性地写下这一连串文章的。希望各位也能优哉游哉、比较随性地阅读它们。

深深感谢一次次为我画下美丽的版画的大桥步女士。每周我都在翘首企盼,寻思这次的配图会是怎样的作品。这也是写连载的一大乐趣。

村上春树

蔬菜的心情

在电影《世上最快的印第安摩托》中，安东尼·霍普金斯扮演的老人说过一句台词："不追求梦想的人生，就跟蔬菜一个样儿。"

这部电影看过有些时日了，细节的记忆上或许有误，不过那段台词的意思我差不多还记得。那是个超级古怪的老头儿，他的人生目标就是改装一辆古董级的印第安摩托车，要让它跑出三百公里的时速来。他是对邻家男孩说出这番话来的。蛮潇洒的一句台词哟。

然而人世间的事情可不会那么一帆风顺。男孩反问道："可……那是什么蔬菜呢？"遭遇出其不意的一击，老头儿颇为尴尬地说："是呀，是什么蔬菜呢？这个嘛，呃，大概就像卷心菜之类的玩意儿吧。"交谈不知不觉间变得散漫了。我比较喜欢这种情节上的颓唐的处理方式，因而对这部影片很有好感。如果说完这句"不追求梦想的人生，就跟蔬菜一个样儿"，之后便再无下文，或许足够潇洒。但如此一来，蔬菜可就没有立足之地了，您说是不是？

我是个不怎么吃肉的人，蔬菜常常便成了饮食的核心。我也喜欢去超市或者蔬菜店里买东西，亲自挑选蔬菜。将水灵灵的新鲜卷心菜拿在手上，便会跃跃欲试："好哇，今天该怎么来料理这家伙呢？"世上只怕还会有不少男人，面对着美丽的姑娘便蠢蠢欲动："好哇，今晚该怎么来料理这丫头呢？"而在我，（大致来说）对手无非就是卷心菜呀茄子呀芦笋呀，不管是好也罢坏也罢。

不妨把这卷心菜在沸水里轻轻一焯，再配上凤尾鱼做个意面酱汁。或者放上油炸豆腐做个味噌汤，大概也不赖。再不然就细细地切成丝，浇上沙拉酱吃上一大碗，恐怕也不坏……脑海中诸如此类的想象不断膨胀，欲望让它愈加清晰。慢慢地，天色将晚。

然而不管发生什么事，我那颗饥饿的心都不会溜向卷心菜肉卷。我年轻时经营过饮食店，日复一日地做过不计其数的卷心菜肉卷。所以老实说，唯有卷心菜肉卷，我可是再也不愿看到啦。真的。尽管觉得很对不起它。

要是有人斩钉截铁地告诉我,"不追求梦想的人生,就跟蔬菜一个样儿",只怕我会忍不住想,果真如此吗?细想起来,蔬菜其实也算得上种类繁多,当中一定会有形形色色的蔬菜的心灵,形形色色的蔬菜的情由。倘若从一棵棵蔬菜的角度出发去眺望世间万事,(有时)就会不知不觉陷入沉思:自己此前作为人类的生涯究竟算什么?不分青红皂白,轻忽傲慢地对待别人或事物,这样可不好哦。

☺本周的村上　山手线的线路图是灯笼椒的形状,你知道吗?

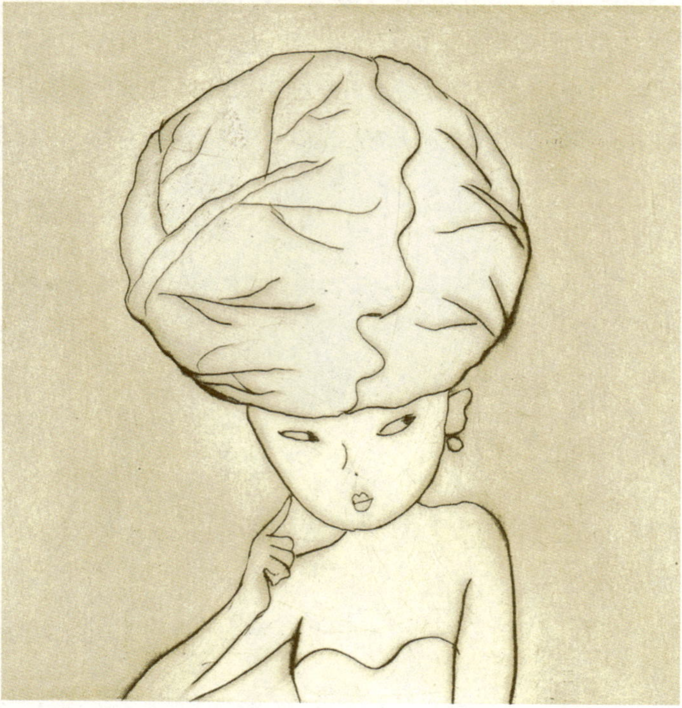

汉堡包

在檀香山小住时，独自一人去超市买东西，在停车场里把车停好，刚抬脚还没迈出两步，便被一个看似流浪汉的白人中年男子叫住了。他很瘦削，头发很长，晒得黝黑，穿得单薄朴素，脚上穿双凉鞋。从服装上看，与当地的普通市民的确难以分辨，但那肤色绝非在宾馆游泳池边喝着戴吉利鸡尾酒晒出来的，这一点从整体感觉上可以推断出来。

"对不起，我饿坏了，想吃个汉堡包，能给我一美元吗？"他用平静的声音说道。

我大吃一惊。虽然时常看见流浪汉立在街角喊着"行行好吧"，但还是头一回遇到如此明确地说出目的和金额来寻求援助（可以这么说吗）的人。环顾四周，只见停车场前方有一家"汉堡王",还有烹肉的香味微微飘漾过来。

自然,我给了那人一美元。一则是因为我不禁萌生了恻隐之心:正当饥肠辘辘时,有汉堡包的香味飘拂而至,想必令人难以忍耐(我对此感同身受)。再者,是因为他采取了与其他流浪汉迥然不同、独具匠心的求助方式。对于这种策划能力,我由衷感到钦佩。

于是我从钱包中摸出一美元,说了声:"请享用汉堡包吧。"那人依旧用平静的声音,全无笑意地说了声"谢谢",把钱塞进衣兜里,朝着汉堡王的方向走去,凉鞋发出很酷的声响。

事后我忽然想到,或许应该递给他三美元,对他说句"吃汉堡包的时候,请再喝杯奶昔吧",然而为时已晚。我这个人生来就比别人脑筋转得慢。当一个念头浮上脑际时,大多已是时过境迁了。

可是,由这个故事得出的教训又是什么呢?

其实就算你问我,我也不太清楚。说不定就是"人的想象力这玩意儿,如果不限定在某个范围内,便不能充分发挥功能"。如果人家仅仅是含糊其词地说:"我肚子很饿,不管多少,给点钱吧。"没准我们就不会有所触动,兴许只是义务性地给个二十五美分就了事。

可是当人家具体而直接地提出:"我想吃个汉堡包,能给我一美元吗？"我们就无法认为事不关己了，甚至还会思前想后：要是自己不巧沦落到对方那种境地的话，又该是什么心情呢？便几乎条件反射般递给他一美元，并且在内心一隅，祈愿他用那钱吃个汉堡包，变得稍稍幸福一点。

不过，反正都要掏钱，还是想让他喝上一杯奶昔。

☺本周的村上　最近买的东西里，耐克的跑步用耳机是第一利器。

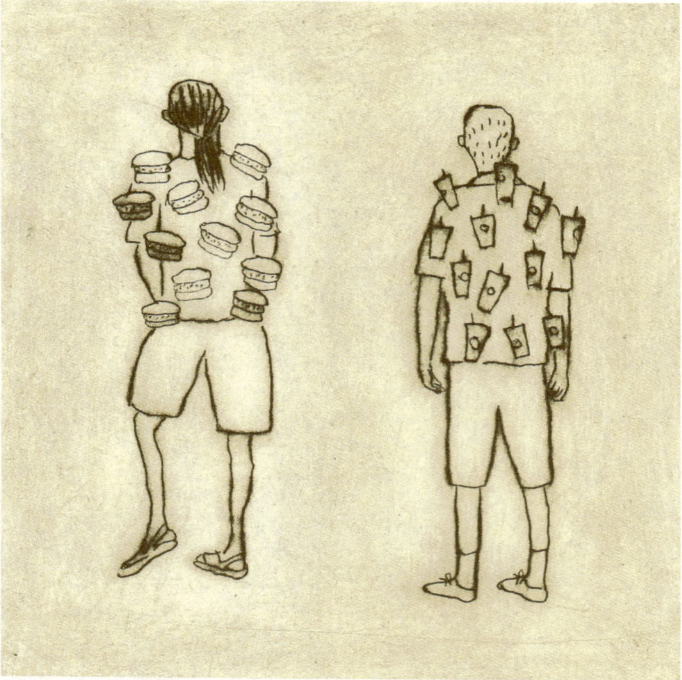

得感谢罗马城

你喜欢开车吗?

我从年轻时起就一直生活在城市里,从来不曾感觉到买车和开车的必要性。有地铁、公交车和出租车这些东西,大致就能解决日常需要了。

然而到了三十五六岁之后,我在希腊和意大利住过几年,那时候痛感"没有车就根本没法过日子",于是铆足劲儿考取了驾照,买了车。因此,我的嫩叶车手①时代大半是在罗马度过的。话说起来固然简单,但一个新手在罗马驾车出行,实在是让人折寿的事。要知道罗马市民一抓住方向盘,就会变得无比具有攻击

---

①在日本,刚考取驾照的新手会在车窗贴上黄绿两色的嫩叶标志,警示行人和其他司机留意。

性（尽管车技很高）。而且道路极其错综复杂，到处都是单行道，让人摸不着头脑。稍一出错或是贻误了时机，就会遭到来自四面八方的鸣笛抗议，再不就是被人摇下车窗破口大骂。纵列停车简直就是噩梦。像这样的事情让我吃足了苦头。

然而拜其所赐，我不管到世界上的哪座城市都能无所畏惧，开起车来轻松自如。无论交通混乱到何种程度，都永恒不变地感觉"跟罗马相比不过是小菜一碟"。在这一点上，我深深地感谢罗马城。Grazie mille，Roma[①]。

在意大利开车，令人欣喜的是手动挡占主流。绝大多数市民极为高效地换挡变速，驱动小排量发动机，灵巧地在街头左冲右突。一旦切身领悟了这种节奏，就能自然而然地融入车流里去。所以我直到现在，如果不是开手动挡汽车，就会稍稍感到不安。

允许我阐述个人见解的话，手动挡汽车开得好的女性会显得更加魅力四射。最近在日本，由于引入自动挡汽车专用驾照的缘故，驾驶手动挡汽车的女性人数骤减，不过偶尔看到，便会在心中喝彩。觉得她们飒爽灵巧，拥有明确的目标和清晰的视野，是人格独立、坚守自己人生道路的人。或许实际情形并非如此，却不知怎的给人这样的感觉。

---

①意大利语，意为"非常感谢，罗马"。

的确，学手动挡花的时间要比学自动挡多，连脚也得多用一只。但和骑自行车、游泳一样，一旦学会了，就一辈子都不会忘掉。而且跟只会开自动挡的人相比，人生的欢乐程度实实在在要提升一个档次。真的哟。

聆听着发动机的吼声，随着离合器踏板的感觉换挡，在托斯卡纳的丘陵地带驾驶着阿尔法·罗密欧尽情飞驰。能胜过这种喜悦的感受，我想不出太多。打算今后考驾照的女性，请你们不妨去考手动挡。而且，何不提升人生的档次，使它更为丰富呢？

☻本周的村上　前几天出于需要，有生以来头一回买了条印花头巾。又不是在干什么见不得人的勾当，可不知怎的心脏狂跳。

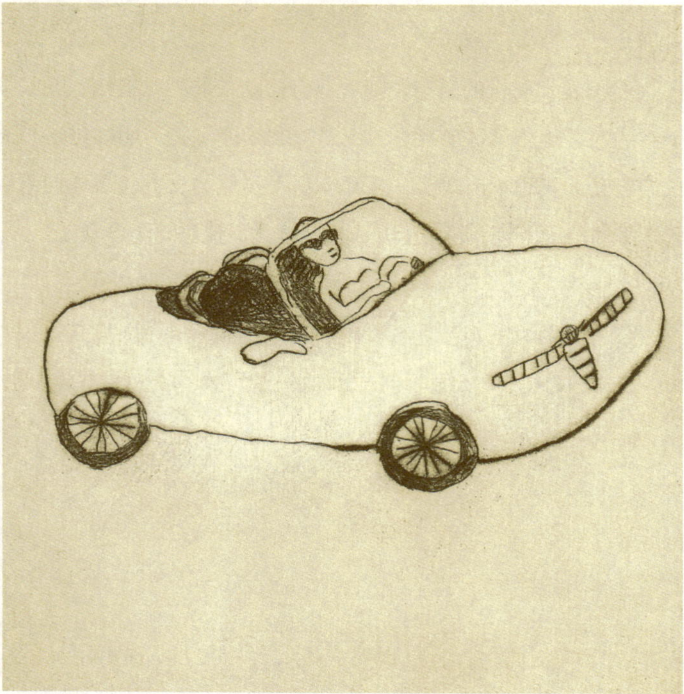

派对是我的弱项

我这个人有各种各样的弱项（比如说野味、高层建筑、巨型独角仙等），而弱项之最却是仪式、致辞和派对。如果这三者联袂而至（它们往往会联袂而至），那简直就成了噩梦一场。

当然，我也是个堂堂正正的大人，而且基本已经社会化，无论如何都非做不可的话，那么出席个仪式，三言两语地做个致辞，在派对上平平常常地与人谈笑，这些我也能做到。然而它们仍旧是我的弱项，这一点并不会改变。硬要勉为其难的话，事过后疲劳便会喷涌而出，往往一时半日无法着手工作。所以我尽量避免在这种场合抛头露面。

有时会因此显得不近人情。但躲在安安静静的地方安安静静地写作，才是小说家的本分，此外的功能和行为说到底不过是锦上添花。不可能对所有的人都好脸相迎,这是我人生的一大原则。对作家而言,最重要的是读者。一旦决心将自己最好的脸奉献给读者,除此之外就只好道一声"对不起",弃之不顾了。

我也不出席婚礼。从前偶尔也出席,可自从三十岁过后,亲戚的也罢友人的也罢,一律拒不参加。假如能在逻辑上证明,因为我在婚礼上露了面,新人此后的婚姻生活就会圆圆满满,我大概也会勉力为之,尽量参加。然而似乎没有这等美事,所以我都细加说明,婉言谢绝。不搞例外,这是最为稳妥地谢绝这类邀请的诀窍。

我曾努力回忆,试图在迄今为止的人生中找出参加过愉快的派对的经历,遗憾的是连一次也找不到。反倒是不愉快的派对要多少有多少。尤其是文坛的派对,大抵都乏味透顶。有时我甚至觉得,与其如此,我宁可在昏暗潮湿的洞穴中和巨大的独角仙徒手格斗。

我认为最理想的派对应该是这个样子:人数在十到十五人之间,人人悄声交谈;大家都不交换什么名片,也不谈论工作;房间的一角,弦乐四重奏规规矩矩地演奏着莫扎特;不怕人的暹罗猫惬意地睡在沙发上;美味的黑品诺葡萄酒已经打开瓶盖;从露台可以眺望夜幕下的大海,海面上浮着半轮琥珀色的月亮;微风带来无限芬芳,身着丝绒晚礼服、睿智而美丽的中年女子亲切地向我详细解释鸵鸟的饲养方法。

"要想在家里饲养一对鸵鸟的话,村上先生,那至少需要一块五百平方米的地皮。围墙非得有两米高才行。鸵鸟是长寿的动物,有的寿命甚至会超过八十岁……"

听她娓娓道来,渐渐地萌生出这样的心情:"在家里养上一对鸵鸟倒也不赖嘛。"

若是这样的派对,倒也不妨去看一看。可能的话,有没有哪位开一场试试?

☺本周的村上　最近常听德里克·塔克斯乐队的新CD。边走边听。好听。

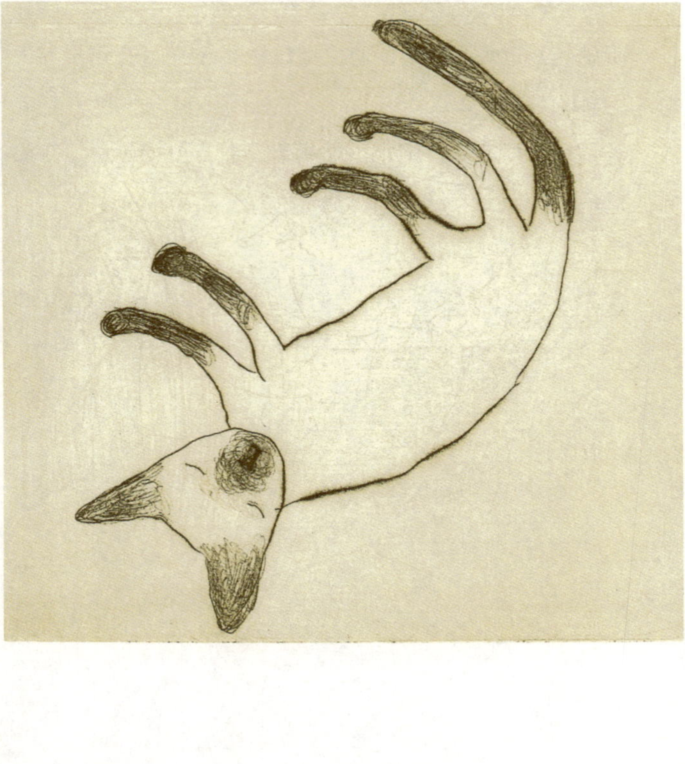

说说体形

各位跑者兄弟,大家好,都在精神抖擞地跑步吗?

我也相当喜欢跑步,还常常参加比赛。跑步这件事可真好,是吧?又不花钱,只要有一双鞋,有一条路,不管何时何地都能说跑就跑。

有个比赛我时不时去参加一下,是在千叶县举办的全程马拉松。参加这个比赛就能领到附近宾馆大浴场的优惠券。跑完四十二公里,汗水干了变成盐。心想还可以暖暖被寒风吹冷的身子,倒也不错,便去了那家大浴场一次。

脱掉衣服走进浴场,过了一小会儿,我忽然注意到周围的人几乎个个体形都一模一样。当然,有的人高马大,有的五短身材,而且既有中年人,也有青年人,可大都体态瘦削(至少不算肥胖），晒得黝黑，剪着短发，长着两条精悍的腿。总之，这里所有的人都是刚跑完比赛的跑者。

这番景象就算不说奇异，也是相当不可思议。一般来说，我们走进公共浴场或者温泉时，总会发现那里的人拥有形形色色的体形。有人瘦，有人胖，有人看上去健康，有人看上去不甚健康……这些体形各异的人或是擦洗身体，或是泡在热水里闲聊。我们理所当然地习惯了世界这种状态，一旦那里的人个个都拥有相似的体形（当然不是说这样有什么不好），看着看着便会感到忐忑不安。于是我匆匆走出浴室，打道回府了。

在回家的电车里我忽然想到，假如在热海温泉某家旅馆里召开个"世界超模大会"，而一个普普通通的邻家女子毫不知情地走进大浴场，只见四周赤身裸体的全是来自世界各地的超模，那一准是十分惊恐的体验吧。大概就像噩梦一般。如果我是女人，可绝对不愿意碰到这种尴尬场面。尽管不无，呃，想偷窥一眼的鬼心思。

∽

寓居波士顿时，我常去附近的一家健身房。那里的会员不知何故以年轻的黑人居多。有一天我正在开放式淋浴间里洗澡，忽然发现周围都是肌肉发达、人高马大的黑人青年。这也让人非常紧张。虽然说不上恐怖，也感觉像偶然闯进了一个异质空间。

如此一想，体形各异、面孔各异、思想各异的人杂然相处、宽松随意地生活的世界，对我们的精神来说恐怕才是最理想的。但总而言之，我觉得大可不必勉强，硬要打造出超模体形来。真的。

☺本周的村上　等红灯时只顾从后视镜观察一旁的猫咪，错过了信号灯由红变绿的时机，结果被后边的车主责骂。

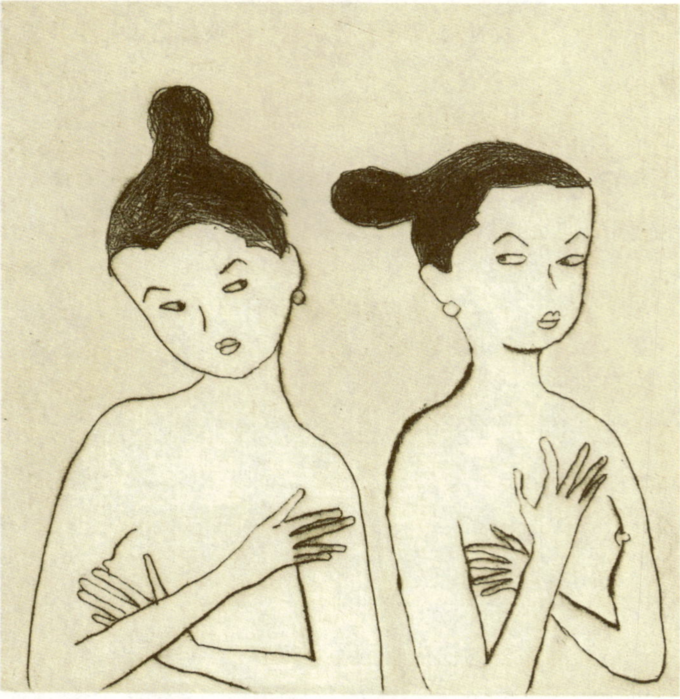

随笔难写

一面在杂志上写随笔连载，一面又煞有介事地说这种话，未免有点那个。可是，随笔确实挺难写的。

我原本就是小说家，并不觉得写小说有多难。虽说绝非易事，但写小说毕竟是我的本行，自当埋头苦"写"，不该张口难闭口难地啰唆才对。

作为副业，做翻译也是由来已久了。半是趣味使然，所以不怎么有困难的感觉。在自己喜爱的时候翻译自己喜爱的作品，喜欢翻多少就翻多少。这样还要发牢骚，说什么困难呀累人呀之类的，只怕要遭天谴呢。

与之相比，写随笔既不是我的本行，又不是趣味所在，有些难以把握应该面向谁、站在何种立场、写些什么为好。每每抱着双臂沉吟不决：哎呀呀，到底该写什么好呢？

话虽如此，其实我也有撰写随笔的原则和方针之类的东西。第一条是不具体写别人的坏话（我可不想再平添更多麻烦）；第二条是尽量不写自我辩解和自夸的话（尽管自夸的定义很复杂）；第三是避免谈论时事话题（我自然也有一点浅见，不过那可就"写"来话长了）。

然而要满足了这三个条件再来写随笔连载，话题就势必大受限制。总之，这其实意味着无限接近"无可无不可"的内容。我个人倒是比较喜欢这种内容的，觉得就这样也无所谓，只是不时遭到世间的批判，说什么"你的随笔毫无见解，软塌塌的缺乏思想性，简直就是浪费纸张"。被人家这么一说，我便觉得"倒还真是这样呢"，忙着要反省。至于小说，则不论如何遭受批判，都能我行我素：哼，管它呢。然而一旦涉及随笔，我就无法如此厚颜。

所以我不怎么接随笔连载，但偶尔也会不计后果，心中暗想：要不就量产一批随笔？于是像这样每周写上一点无可无不可的内容。诸位就算感觉无聊，也请勿动怒，高抬贵手。村上我也算是以村上的方式尽心尽力了。

从前美国西部的酒吧里大多会有一位驻店钢琴手，弹奏些闹哄哄却天真无邪的舞曲。据说那钢琴上就贴着一张纸条，上面写道:"请不要向钢琴手开枪。他也是在尽心尽力地演奏。"我完全理解他的心情。恐怕曾经有过酩酊大醉的牛仔,口中嚷嚷着"你个混蛋,这钢琴怎么弹得这么臭",掏出家伙来,砰地就给他一枪。碰上这种事,那钢琴手怎么吃得消哟。

哎,我说这位客人,您大概没带着家伙吧?

☺本周的村上　在千叶县发现了一家名叫"好运气"的情人旅馆。祝它好运气。

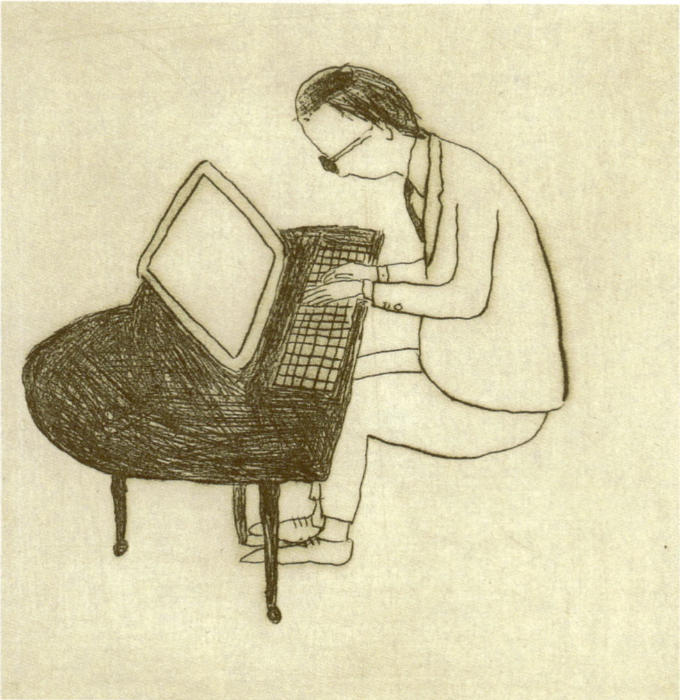

无医生国界组织

　　玩玩无聊的文字游戏啦，把没什么价值的奇思怪想写成文章之类的事，我一直很喜欢，常常抽出时间来干干。

　　比如说在报纸上看到"无国界医生组织"这个标题，我脑子里不知不觉就会浮现出"无医生国界组织"这个词，想把它写下来。无医生国界组织，究竟会是个什么团体呢？缺少医生的国界们在什么地方、思考些什么、策划些什么阴谋呢？还当真开始伏案写起来，但内容过于无聊，而且只怕会有人拍案而起："调侃认真工作的人们，真是玩世不恭！"便半途而弃了。

　　小林多喜二的《蟹工船》近年来成为热议话题。重温经典固然是件好事，但我想，既然要从受迫害者的视角审察世界，那就索性写一部从蟹的视角看到的《蟹工船》如何？无产阶级固然可怜，可是被制成罐头的蟹们岂不更可怜？只是用蟹的眼睛来看世界很困难，结果没有写，更何况思想性为零。

童谣《妈妈我给您捶捶肩》里边不是有这么一句嘛："鲜红的罂粟笑开颜。"我从幼时起就一直怀疑：罂粟是怎样在风中笑，是纵声大笑，还是一言不发地面露笑意呢？很想写一回在庭院一角绽开笑颜的红罂粟。这下倒是当真写完了，还变成铅字收进了书里。只是至今没有一个人赞许说"写得好啊"。

刚才所举的例子都是戏言，我还用同样的方法写过严肃小说。最先写的两个短篇小说《去中国的小船》和《穷婶母的故事》都是先起好了标题，然后再思考：用这个标题去写的话，会写出怎样的小说来呢？

一般而言，顺序恰好是相反的吧。先有故事，标题后来再起。我却不是这样。我先弄出个框架来，然后再考虑："呃……这样的框架能装进怎样的东西呢？"

要问为什么这么做，那是因为我当时没有特别想写的东西。倒是想写小说，却想不出该写什么。人生经验又很贫乏。于是先把标题定下来，再从别的地方把跟这标题相配的故事拽过来。就是说，不无从"文字游戏"下手写小说的感觉。

也许有人要说，这种做法从文学上来说是玩世不恭。但这么一来，写着写着，"自己真正想写的东西"就自然而然地渐趋明朗了。通过写作，之前不具形态的东西渐呈雏形。"打一开始就必须写这个"，这种《蟹工船》式的使命感当然重要，不过，那种自然而然的感觉同使命感一样，对文学来说应该也很重要。呃，反正在下是如此看的。那么下周见！

☺本周的村上　托马斯·曼和卡尔·荣格同岁嘛。您要是说"那又怎么啦"，我也无言以对。

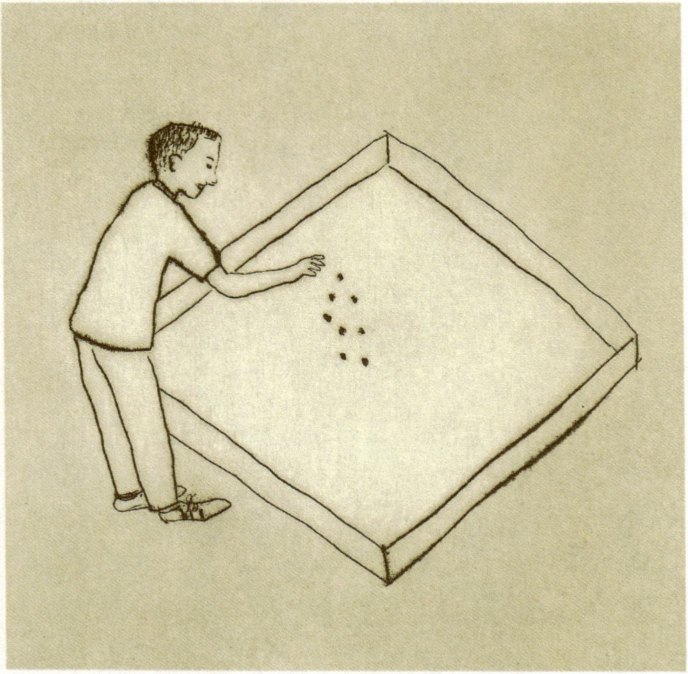

大酒店里的金鱼

在外国住酒店时,有时会免费获赠水果或鲜花。入住次数多的常客,还会获得酒店慷慨赠送的整瓶葡萄酒。有一次我就得到了这样一瓶红葡萄酒,可开瓶时失手打滑,酒全洒在雪白的地毯上,平白无故地给人家酒店添了麻烦。本来是好意馈赠饮品,不料却惹火烧身,酒店也真够倒霉的。兴许那家酒店从此便在电脑中记上了一笔"绝对禁止再向村上赠送红酒!"的警告。

几年前入住西雅图某家酒店,刚在房间里安顿下来,服务员就端着一只圆圆的玻璃缸走进来,搁在窗边的桌子上。他什么话也不说,只管满面春风地出去了。玻璃缸里,一条金鱼游来游去。就是那种到处都是、普通至极的小金鱼。

当时我觉得很奇怪:这家酒店好怪啊,还给弄了条金鱼到房间里来。可不久后回过神来，发现自己坐在窗边的椅子上，无所事事，半是神志恍惚地正盯着金鱼看呢。金鱼这东西，观察起来并没有特别好玩的地方，可坐在那里，不知不觉就会认真观赏。

不过待在陌生的异国酒店里百无聊赖地盯着金鱼看，倒还真不赖呢。仿佛房间的一角诞生了一个特殊的空间，日常与非日常在那里像马赛克般交错混杂。外边静静地飘洒着异国的雨，白色的海鸥在雨中飞去。而我什么也不想，目光茫然地追逐着游弋的金鱼。

这种自成一格又毫不张扬的服务，竟会意外地长留心底。话虽如此，我却怎么也想不起那家酒店的名字。呃，靠近港口，旁边有一家味道鲜美的牡蛎餐厅……

我寻思在家里养养金鱼也不错，便上网查了查金鱼的养法。居然不像想象的那般容易。换水方法、喂食方法、水温管控等，必须注意的事项林林总总。光金鱼生的病就有白点病、腐烂病、头洞病、水霉病、立鳞病、烂鳃病，不一而足，必须想办法对付。这比饲养一对鸵鸟固然简单得多，但我毕竟经常要出去旅行，就算人在家里，也屡屡陷入半恍惚状态，看来无法对生物负责到底，结果只得放弃在家里养金鱼。

不消说，旅行的好处在于可以暂时远离日常生活，还不必承担平日里琐碎的责任。西雅图细雨连绵的午后，我与那条小金鱼之间享有的亲密（至少我觉得是亲密的）关系，恐怕是只有在那里、只有在那时才能享有的东西。

此话先不提，在过午的酒吧里用熊本牡蛎佐酒，啜饮冰镇夏布利白葡萄酒，真是美味极了。

☺本周的村上 "挨拶①"这两字，我写不来。早在二十多年前就在想得记牢怎么写，直至今日。

---

①在日语中意为"寒暄"。

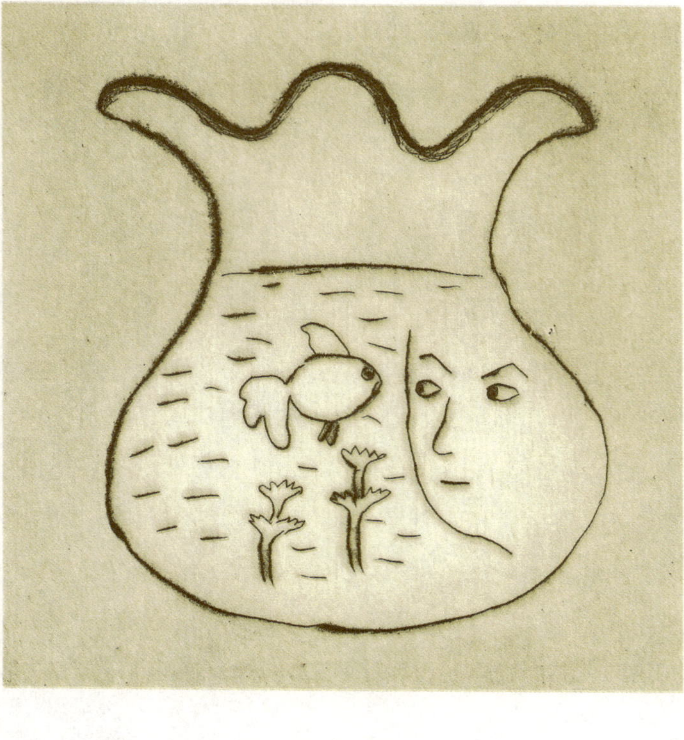

Anger Management

您属于爱发怒的那一类人吗？

我年轻时，也是很容易热血冲头的性格。不过有一次我发觉，由于草率冒失、判断失误而勃然大怒的情况不少，便琢磨："发脾气时得三思而后行呀。"遇事冒火时，便不再当场付诸行动，而是稍待片刻，看准前因后果，认定"既然这样，不妨发火"才动怒。这就是所谓的"Anger Management"，即驾驭怒气。

其实略微试一试就会明白，不论火气多大，只要稍稍过上一段时间，原来的情绪大多都会逐渐减轻，就不再是怒气，基本降到了"悲哀"或"遗憾"的水平，归于平静。于是变成"得，算了算了，没法子啊"。（偶尔）还觉得"仔细想想，说不定我也有不对的地方呢"。托它的福，人生的麻烦事肯定会大减，打架之类的事大概也不会干了。反之,有为数不多的情况,让我一再认定"为这事生气是理所当然",就冷静地永远怒火中烧下去了。

从前,美国某电影导演想用雷蒙德·卡佛的小说原著拍一部电影,可在本国筹募不到资金,便想到日本找投资者,来向我打听:作为译者,能否助一臂之力?如今想来简直是无稽之谈。可当时日本正处于泡沫经济的巅峰,遍地都是钞票。

尽管我对这方面很陌生,而且和我个人没有丝毫的利害关系,然而卡佛不久前刚刚英年早逝,我很想为他做点什么,就把这件事跟周围的人大致说了一遍。某企业的一位大人物对这个企划很感兴趣,表示想见面聊聊。那是一家无人不知、正在拓展大型零售店的企业,以致力文化事业著称于世。

于是决定见面商谈,对方指定了会面地点,是一家高级餐厅。"为何公司会议室就不行呢?"我心下觉得奇怪,赶过去一瞧,来了一位副总经理和一个像是秘书的人。他高踞上座,趾高气扬地说教了一通:"村上先生哪,恐怕你不知道,其实拍电影吧……"大吃大喝了一顿便回去了,从此音信全无。后来只寄过来一张贵得令人咋舌的餐厅付账通知单。电影的事就这么不了了之。不行就不行,那也是无可奈何。我这边也不指望投资的事情了。可您总该把结果告诉我一声呀。您说是吧?

我一下子也没弄明白是怎么回事,过了些时日才忽然明白过来：这岂不就是吃白食？于是怒火渐渐涌上心头："原来如此。就是这帮胸无点墨的家伙在高谈什么文化？日本竟然变成这样一个铜臭熏天的可悲国度了吗？"只觉得对故人的一片心意惨遭蹂躏，滋味很不好受。自那以后，我再也不踏进那家企业旗下的店铺一步。

就这样，二十来年一成不变，我始终在生气。是不是太固执啦？

☺本周的村上 "文字处理机"简化成"文处机"，"超短迷你裙"简化成"迷你裙"，可为何"一枝黄花"就不见变得简短一点呢？①

---

①日文中"一枝黄花"的发音是 SEITAKAAWADACHISOU，十分冗长。

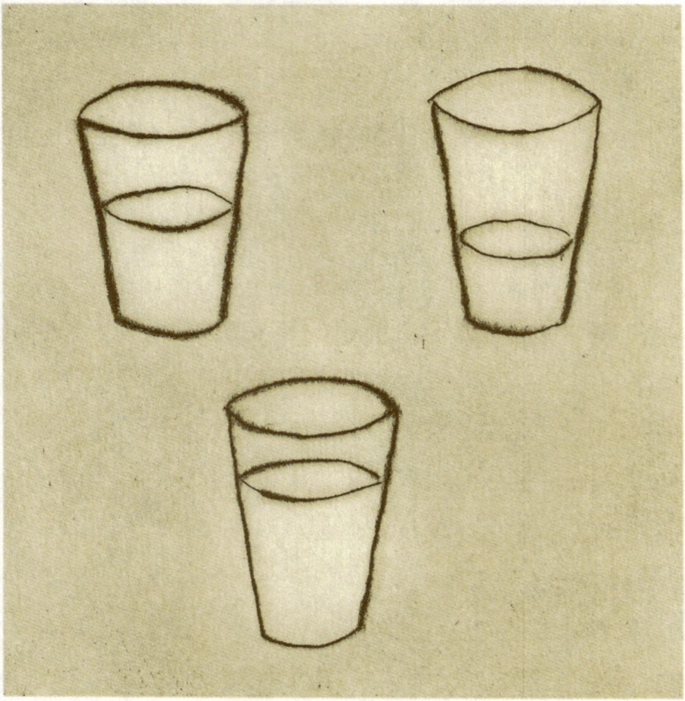

凯撒沙拉

今天的午饭就来份笊篱荞麦面得了——人有时候会这样想，对不对？并不觉得很饿，但想往肚子里填点东西。就是这种时候。然而如果身处国外，可就无法如愿啦。除去特殊的城市不算，一般不大会有荞麦面馆，也就没有相当于笊篱荞麦面的吃食。

在这种时候，我常常点一份凯撒沙拉。美国的餐馆基本都会把凯撒沙拉写进菜单里，算是简便主食。吃上一份，大致可以获得跟吃一份笊篱荞麦面相差无几的"进食感"。味道当然和荞麦面相去甚远。

好像许多人都以为，凯撒沙拉取自罗马皇帝尤利乌斯·凯撒的大名。其实不是。这个叫法来自上世纪二十年代在墨西哥蒂华纳开餐馆的意大利裔美国人凯撒·卡尔迪尼的名字。此君纯粹出于偶然，即席创制出了凯撒沙拉——这个说法已是定论。要知道这可是近百年前的往事啦，我也并非亲眼所见，不知道真相如何。不过，就是这家餐馆最早把"凯撒沙拉"写进菜单，并且在当地广受欢迎，这应该是确凿无疑的事实。

作为凯撒沙拉的忠实爱好者，我觉得遗憾的是，在日本吃凯撒沙拉很少有"嗯嗯，这味道好"的感觉。我猜大概是没有遵照正宗的分量，使用正宗食材的缘故。正因为是简单的料理，严谨才尤为重要。

首先，这道沙拉必须得用如同处女般脆嫩水灵的新鲜长叶生菜。时常有人用普通的圆生菜代替，那玩意儿连提都别提。假如用的是红叶生菜，那就更难下咽啦。配料只要油炸面包丁、蛋黄和帕尔马干酪。调味料则用上等橄榄油、蒜末、柠檬汁、英式辣酱油、葡萄酒醋。这就是正宗做法。如何？相当爽口吧？

为了那些想吃得分量足一点的朋友，许多餐馆的菜单上还备有加了吞拿鱼或鸡肉的凯撒沙拉。这在日本，感觉上大概好比是"天妇罗笊篱面套餐"。

去相对正式的餐馆就餐时，大厨还会来到桌边，当着客人的面把这些食材干净利落地调制成佳肴。这很值得一看。哈佛大学正门附近的某家餐馆，菜单上有一道菜叫"解构主义凯撒沙拉"。其实不过是把食材分别端上桌来，"接下去就请诸位自己动手调配吧",可那名字起得真叫知性又帅气。该说是人杰地灵吗？到底不同凡响。

夏日的午后，一边喝着冰红茶，一边吃着脆生生水灵灵的凯撒沙拉，就算不说是人生最大的喜悦，也是令人心旷神怡的乐事。

☻本周的村上　我想起了那句交通宣传标语，"三时也停，四时也停，不光一时停"。①好像没什么味道，您说是不是？

---

①日文中"一时"有"暂时"和"一点钟"的意思，"一时停"的交通标志相当于中国的"停车让行"标志。此处作者取诙谐的双关意义：不光一点要停，三点四点也要停。

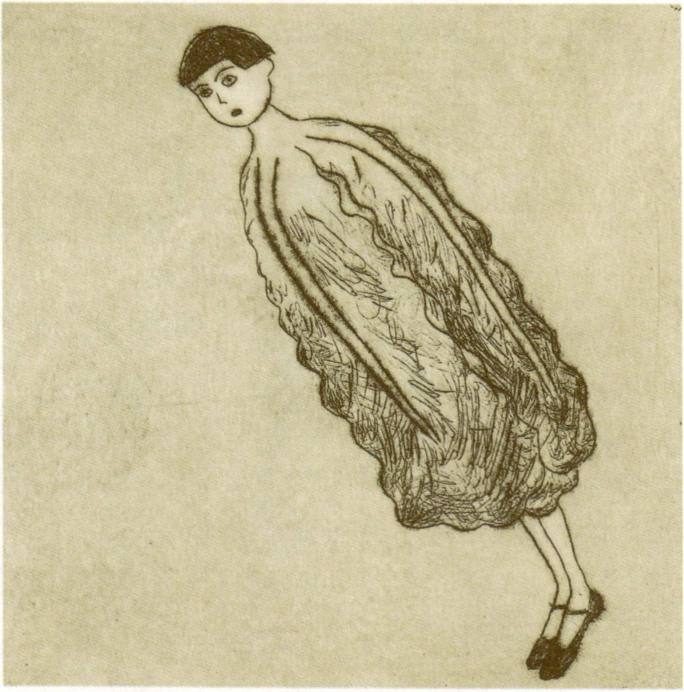

所谓"Meat Goodbye"

那是去年的事了。打壁球时负伤,造成了"肉分离[①]"。球打到面前的墙壁上,反弹回来,我扑过去救球时,只觉得小腿肚好像被球砰的一下击中,心想"奇怪,这球明明是在前边嘛",但为时已晚。托它的福,还没好好运动运动,整个夏天就这么一去不返了。

我听人说,原巨人队总教练长岛茂雄曾经叫"肉分离"是"Meat Goodbye",心里总不太相信:真的吗?再怎么说也不至于这样吧……但没准还真是这样。就算不是事实也无关紧要,因为我们每个人都需要明朗积极的神话,当作生存下去的凭据。

[①] 日本人把"肌肉撕裂"叫作"肉分离"(日语为"肉離れ"),于是出现了下文奇妙的英文表达方式"Meat Goodbye"。

除此以外，长岛茂雄还有好几句名言。我在任何意义上都不是巨人队的球迷，对长岛并没有特别的感情，可是对认定他在人品上有出众之处的主张，我却不会有异议。

比如说他在当总教练期间，回应采访时曾说过："我信赖球员，但是不信任他们。"当时我只是觉得"又在说莫名其妙的话啦"。然而时过境迁，我处在类似的角度，才实实在在地理解了这两个词的微妙差别。如果不信赖周围的人，事情就不可能有所进展；但若是信任过度，有时反而于人于己都不利。这话很有道理。"信赖却不信任"，至理名言哦。

在约翰·欧文的小说《寡居的一年》里，有个叫泰德·柯尔的儿童文学家粉墨登场。他将自己的本行撂在一边不管，一味沉迷于壁球，将自己长岛家中的储藏室改造成了壁球场。只不过屋顶要低于普通的球场，加上是自己动手，所以墙面上有很多微妙的特点。他巧妙地活用这座"私人球场"的独特之处，球技几乎所向无敌。女儿露丝（该小说的主人公）从小就百般努力，想打败父亲……

从日本的住房条件来看，要在自己家里修建壁球场，几乎绝无可能。我家当然也不在话下——没有。不过我陡然想到，拥有一座私人壁球场，只怕也未必全是乐事。半夜里从睡梦中醒来再也无法入眠时，想到近旁就静静地矗立着一座空无一人的黑森森的壁球场，那份孤独岂不是更令人心绪不宁。我看怕是会就此彻夜无眠。在《寡居的一年》这个故事里，这种寂寥感也构成了核心主题之一。

　　信赖却不能完全信任别人，这样的人生有时也是孤独的。那种细微的缝隙、那种类似背离的东西带来痛楚，不让我们入睡。有时也会有这样的黑夜吧。不过，假如我们这样想——"没关系，这玩意儿无非就是 Meat Goodbye 罢了"，说不定就能开开心心地忍耐下去呢。

　　☺本周的村上　你坐过救护车吗？我坐过四次。在美国坐救护车时，被收了不少费用。

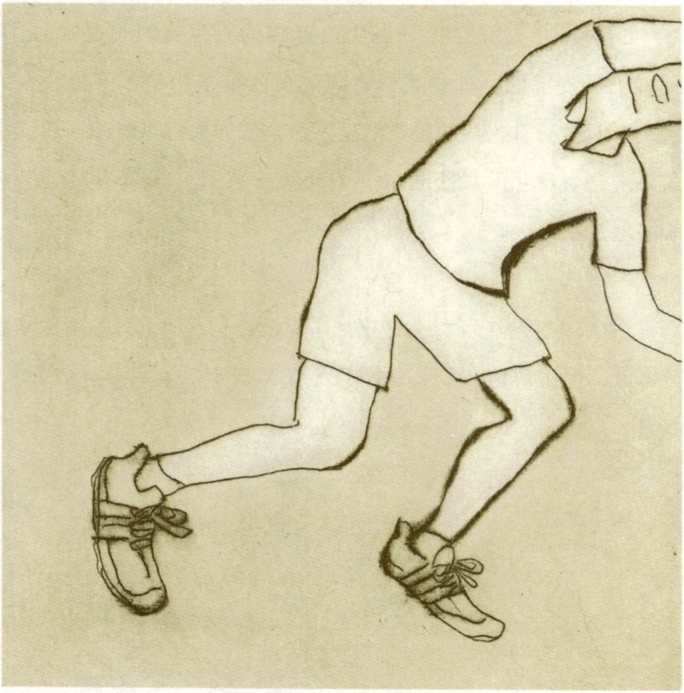

奥运会好无聊？

我不常在社会问题上高调发表意见，但自然还是有些一己之见的，尽管这话听起来有点狂妄。

比如说主张将奥运会的主办城市固定在发祥地雅典。为了决定个主办城市，一次又一次引发轩然大波，让广告代理商一赚就是好几亿，这怎么想都愚不可及。还屡屡发生贿赂丑闻。而体现主办国国威的开幕式那华美的庆典，枯燥乏味又令人郁闷。那玩意儿纯属多余。

所以应该像日本全国高中棒球联赛一直在甲子园举办一样，把奥运会固定在发祥地雅典举办。这么一来就无须大兴土木了，也不会有全球性的大气污染。开幕式闭幕式也立下规矩，都得是像高中棒球联赛那样简朴的东西。这样不就万事大吉了吗？

∽

　　二〇〇〇年我在悉尼逗留了约莫四周，做奥运会的采访。说实话，我原本就不太喜欢奥运会。马拉松另当别论，其余的项目我觉得大都无聊透顶，也从未认真观战。不过出版社提出委托我写关于奥运会的报道，我寻思去一趟澳大利亚瞧瞧也不坏，便应承下来。

　　结果赶到现场认真观看后，才发现奥运会原来比我想象的有趣得多。哟，奥运会竟然还这么好玩呀！那感觉简直像眼前唰地一亮。

　　然而回到日本后重看电视录像，却无聊到了极点。要问缘由的话，就因为只有日本选手出场。而且媒体的视线仅仅聚焦于一点：日本拿不拿得到奖牌？电视镜头紧贴着这一点寸步不离。

　　我在现场当然也观看了有日本选手和日本队出场的比赛，但更多的是冲进跟日本无关的赛场去观战，比如说德国对巴基斯坦的曲棍球赛之类。像这种比赛，如果是碰巧在现场观战，便趣味盎然。正因为不牵涉利害关系，才能纯粹地享受比赛过程，为每个动作或喜或忧。切实感受到世界上有形形色色的人，有强有弱，但都在流汗拼搏。拿到几块奖牌之类的事，与国家或国民的素质毫不相干。我对此感触良深。

　　真实的奥运会是伴随着这种激情四溢的自然氛围的。有某种近似"场的力量"的东西。然而在电视画面上，这种东西几乎传递不出来，甚至压根儿不见踪影。只剩下太阳旗升没升起之类的话题横行无阻，播音员扯着嗓子狂吼，甚至还制造出强大的舆论。无论对选手还是对我们自己来说，这岂不都是不幸的事态？

此话与奥运会无关：悉尼的菜肴与葡萄酒的水平之高超出想象。很想什么时候再去故地重游呢。

☺本周的村上　印度平均每届奥运会只得到一块奖牌，但好像从来没有人为此纠结。到底纠不纠结呀？

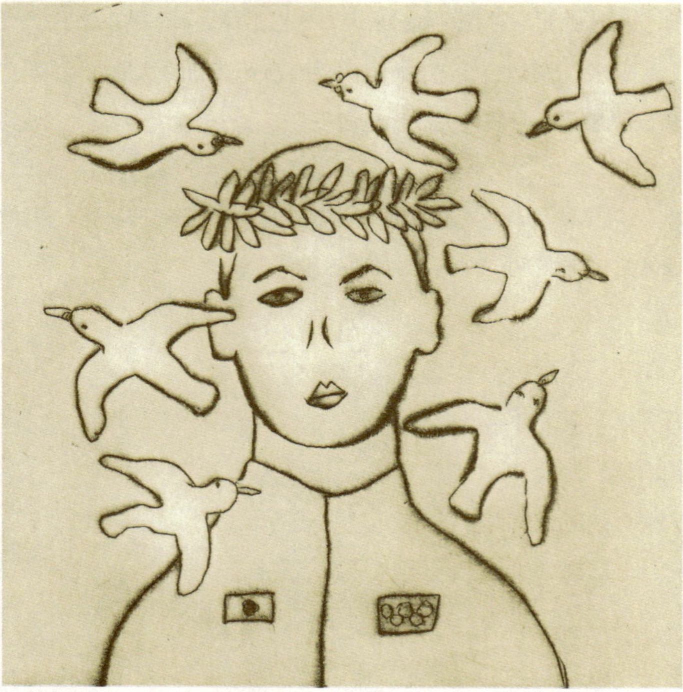

右，还是左

有一种袜子的形状左右各异，您知道吗？我不久前居然还一无所知。它穿上去十分舒适合脚，如今我经常穿，爱不释"脚"。唯有一点令人尴尬，那就是夜半醒来在黑暗中穿袜子的时候。在亮处自然毫无问题。

在哪本书里写着，左右形状各异的鞋子固定下来，还是相对近期的事。虽说是近期，其实也并非二三十年前的事，而是好几个世纪之前了。在那以前，人们穿鞋子大都不分左右，两只鞋子形状相同。以如今的感觉去看，很有些不可思议，但您只要想想这其实跟宾馆里的拖鞋一样，就心下释然了。

古罗马帝国开国皇帝奥古斯都试图把右脚伸进左脚的鞋子里去，结果差点被属下的士兵杀了头。鞋子穿反了左右会招致灾厄，这种迷信在欧洲好像自古以来一直存在。然而为了这种琐事就得掉脑袋的话，像我这样的人只怕有多少颗头都不够砍的。

左和右这东西实在是奇妙。我穿袜子时总是先左后右，穿鞋时却总是先右后左，穿裤子则先套右腿。我不怎么清楚原因，但常年以来一直如此。假如颠倒了顺序，就会感到不大对头。

跟女人同床共寝时，不论是睡在左边还是右边，我倒是都没关系。世上好像也有好些人，声称"如果不是这一边，我就无法安心入睡"，我这个人并没有这种情况。关于女伴，我理所当然是要挑的，但不挑在左边还是在右边睡。

我是右撇子，所以无法感受左撇子们在日常生活中的不便。但偶尔有右手负伤或者手上拿着行李，必须用左手做事而感觉困难的经历。比如说将交通卡塞进车站的检票机里，竟出乎意料地很困难，必须使劲扭过身子。这个世界是由右撇子们制造出来的，所以恐怕有许多情况让左撇子们徒唤无奈："哼！可恶。"

这也是在书上读来的，并非亲眼所见：第二次世界大战开战时的日本领导人东条英机，在战争结束时企图用手枪自杀。他向一位做医生的邻居请教了心脏的准确位置，周到地用黑墨水做好记号，下定决心，"一、二、三！"扣动了手枪扳机。然而此人是个左撇子，所以大概是用左手握着枪来射击心脏的。实际试一试就明白，这可不是件容易的事。角度不自然，指头就无法自如地用力。

总之东条先生自杀未遂，被占领军逮捕了，由美国大兵给他输血，从而保住了一命，然后再被送上审判台处以绞刑。就是这样。假如此话当真，那可不是一句"哼！可恶"可以了结的。左撇子的人谋生（岂止如此，甚至连寻死也）好像很不容易。请加油。

☺本周的村上　在美国书店里站着看书，旁边居然就站着电视连续剧《迷失》里的赛义德。您要是问"那又怎么啦"，我也无言以对。

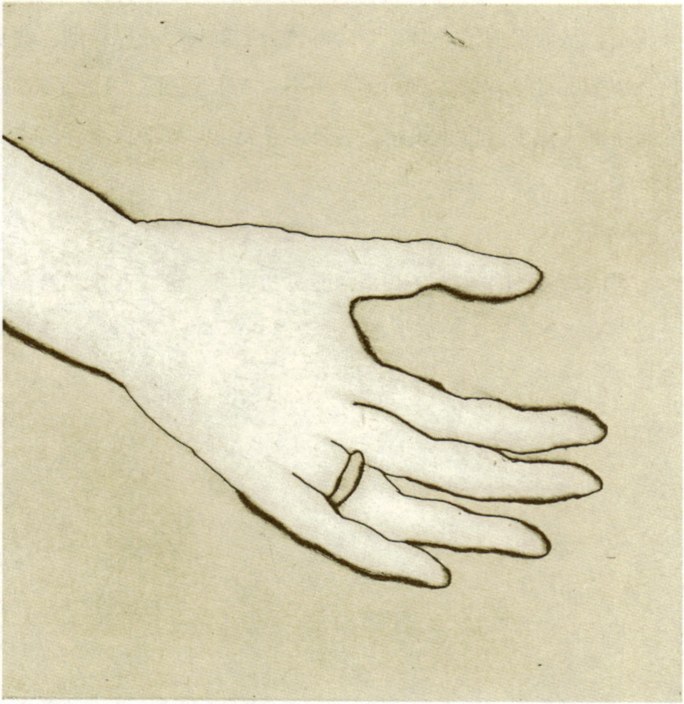

终极慢跑道

这条终极慢跑道坐落于美国俄勒冈州一个叫尤金的小城郊外。运动器材厂商耐克在这里建有公司总部,这条特别的慢跑道就修建在它辽阔的地盘内。如果不是耐克公司的员工,便没有资格跑这条慢跑道。

这条慢跑道周长大约三公里,听着鸟声鸣啭,穿越美丽的森林,顺着平缓的丘陵忽而上忽而下,路面严严实实地铺满柔软的锯末,因此不管跑多久脚都不会疼。据说是这样。

真的吗?我半信半疑地听着人家这么描述。这种梦幻般的慢跑道,在这个充满了矛盾、悲哀、暴力与异常气象的世界上当真存在吗?假如当真存在,我很想亲自在上面跑一跑,哪怕一次也成。我心里暗暗想着。

几年前,有机会为某家航空公司的客舱杂志去俄勒冈采访,我便试着提出来:"听说尤金的耐克总部有这么一条远近闻名的慢跑道,我想去跑跑看。"责任编辑便向耐克的公关部门咨询,得到回复:"没问题呀,想跑多长时间都行。"哇!单单是为了这个,就值得跑一趟俄勒冈。

等我满怀期待地赶到尤金的耐克总部,却陡然发现随身带去的竟然是新百伦牌的运动衣和慢跑鞋。这样一身打扮在耐克总部的慢跑道上跑步,未免太不合时宜,更何况还要拍摄我跑步的照片呢。

我大概属于健忘和迟钝的性格,但这次未免也太过分了。天大的失策。尴尬呀,该如何是好?我心里正嘀咕着,负责公关的女职员满脸"好个给人添堵的家伙"的表情(不过表面上却笑容可掬),开口说:"没问题呀。我们提供本公司的运动衣和慢跑鞋,请您穿上它们跑好了。"

于是,我不但能在特制慢跑道上尽情地跑步,还得到了一套精美的运动衣和慢跑鞋。谢谢啦,耐克。感谢你们。

实际跑过才知道名不虚传,那果然是一条无可挑剔、美妙绝伦的慢跑道。假如附近就有这么一条慢跑道,每天可以自由地使用,人生会变得多么惬意!那儿的距离、倾斜度和弯道都十分理想,包围在秀丽的自然之中,空气也新鲜。途中有一处保养完好的四百米跑道，还可以在那里进行速度训练。

除了尤金的这条跑道，我最喜欢的慢跑道莫过于京都鸭川沿岸的道路。每次去京都，我都一大清早就去那里跑步。从我的固定住宿地点御池一带跑到上贺茂，再跑回来。这样大约是十公里。途中要跑过的许多桥的名字，我都已经倒背如流了。

不知是哪家女校的晨练女生，与我交臂而过时大声向我打招呼："早上好！"这种时候我便觉得，无论是人生还是世界，都还不算太糟糕嘛。

☺本周的村上　以前有一支叫"国王殿下"的搞笑乐队。不知道是谁想出来的名字，不过，这名字取得巧妙极了。

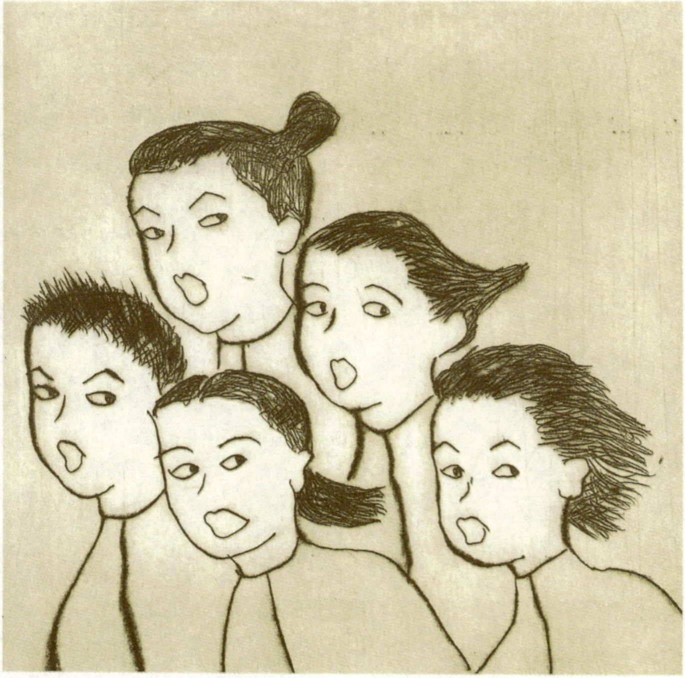

不必做梦

大约十年前,和心理治疗师(当时他还担任文化厅长官)河合隼雄先生一同进餐,话题聊到了梦,我说:"我几乎从不做梦。"河合先生照例笑嘻嘻地答道:"是呀是呀,呃,恐怕会这样吧。村上先生你不必做梦啦。"

为什么我就不必做梦?我很想知道个中缘由,但聊着聊着,此话竟不了了之。我心想下一次见到他,一定得问个究竟。可谁料河合先生竟然患了病,溘然长逝了。也许我们必须怀着人与人之间没有什么"下一次"的想法,来面对我们的人生。

河合先生在我至今交往过的人中,是少有的让我觉得"渊博"的一个。我真心希望他能更长寿些。

有人常常做鲜明的梦。那么冗长的梦,居然从头至尾记得一清二楚,还将情节讲给我听。我大致没有这样的情况。即便有时醒来后觉得"好像做梦了",也仅仅是有点朦朦胧胧的感觉,那内容压根儿就想不起来。

记得好像是在火野苇平的短篇小说里,有个场景描写一家人在吃早饭时各自说出昨夜的梦境。因为是以前读的,已经想不起故事情节了,却还记得当时深深的震惊:"全家老小个个都把梦境记得那么牢,好厉害!"也许这种能力就是通过平时相互讲述梦境的训练来提高的。不知道血缘是否也有一定的关系。

我极其偶然地做过,并且能详细而鲜明地回忆起来的梦,不知怎的大多与菜肴有关。而且无一例外,那必定是怪诞骇人的食物。举几个具体例子:

1. 炸毛毛虫。毛茸茸的新鲜毛毛虫裹在面衣里,炸得脆生生的。里面要不是毛毛虫的话,一定会很好吃。

2. 白蛇派。将白蛇肉蒸过后,用馅饼皮裹好,脆脆地烘烤出来。这道菜也一样,作为菜肴,工艺好像挺精细复杂的。

3. 熊猫盖饭。迷你型熊猫排放在米饭上,浇上调味汁。这仅仅是让人恶心而已。

这三种菜肴的形状和色彩,至今我仍能一五一十、栩栩如生地回忆起来,眼前甚至能浮现出热气微微升腾的情景。在梦中,这些菜肴摆在我眼前,我置身于不得不将它们吃下去的危急状态。我不清楚是不是真的吃下去了,但的确有一个自己,一边想着"好恶心",一边把手伸向那些盘子和碗。

为什么非得一次又一次地梦见这种令人毛骨悚然的菜肴不可?要是能跟河合先生取得联系,或许他会把原因告诉我……

☻本周的村上　红烧狖狳头之类也够毛骨悚然的。我可不想梦见。快别去想它。

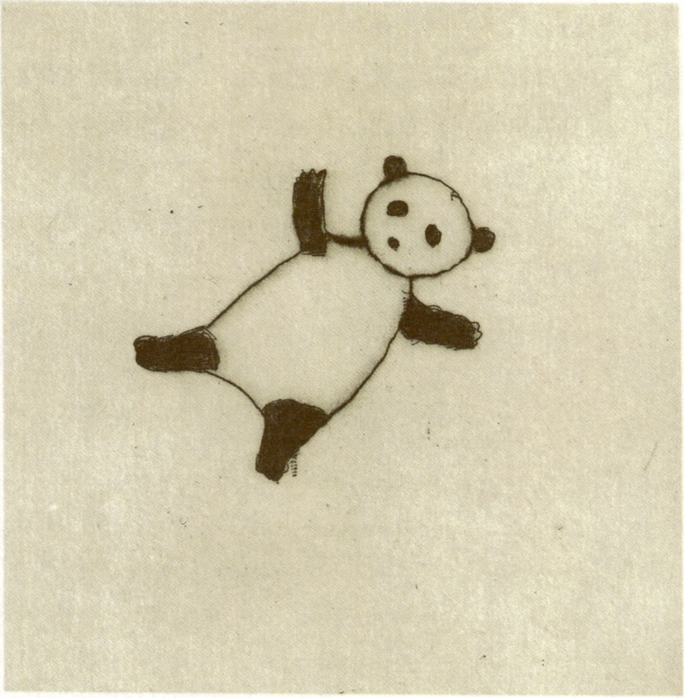

写不成信

"这封来信,得赶紧写封回信。"尽管心中这么念叨着,却一拖再拖,结果既失礼又欠人情,弄得尴尬难堪。您有没有这样的经历?我倒是常常发生这种情况。

当然,我是个以写文章为职业的人,绝不是不擅长写信。一旦下定决心,就可以毫不费力地一挥而就。然而我怎么也萌生不出动笔回信的意愿。想着"呃,等明天再说吧",于是三天过去,一个礼拜过去,一个月也过去了。就这样,回信便永远也写不成了。

读到这篇文章的诸位之中,说不定就有人曾经给我写信,却没有得到回复。或者给我寄赠礼物,却连封感谢信也没收到。您可能会觉得"村上这家伙真是傲慢无礼"。实在对不起。借此向您深表歉意。我并没有恶意,却不知何故没写成回信。您就当我是后山上的猴子,原谅我好了。下次我会捡些橡子带给您。

不单是书信,日记我也写不成。诸如"去了哪里"、"见了什么人"、"吃了什么东西"之类简短的笔记,我也曾写在记事本上,但打出生以来就不曾(至少是自发地)写过正式的日记。

不论您向何方神祇打听,他都会告诉您,我在工作上是个勤勤恳恳的人,一般不会拖延截稿日期,反倒经常提前完稿。但只要事关写信,我立马就想开溜。为什么呢?是因为拿不到稿费吗?不,绝无此事。有时候哪怕没有稿约,只要脑际浮现有趣的题目,我也会三下五除二地把它写成文章,扔进写字台抽屉里,然后忘得一干二净。可我却,呃,写不成回信。

作家当中,有些人写下了不计其数的书信,记下了巨细无遗的日记,都在他们过世后被公开出版,而且那文章确实工整流丽。看到这样的东西,我只能老老实实地心悦诚服:"实在厉害!"我嘛,是无论如何都做不到啦。

也有人主张,那样的作家是觉得写人家的约稿苦不堪言,于是简直像螃蟹横行一般,咻溜一下逃到私人的书信和日记里去了。我与他们截然相反,感觉更像是为了逃避写信,才咻溜一下躲进工作里,去写稿子。因此工作顺利进展,可回信却一再拖延。

眼下就有五封必须回复的来信堆在我的书桌上。电脑里也积存了五封电子邮件,等待我的回复。尽管这样,我却扭头不顾,仿佛是为了确保自己的不在场证明一般,在写这篇无关紧要的稿子。真没法子啊。这是怎么搞的呢?

得得得,等明天再说吧。

☺本周的村上 一听到"解除婚约",我就会浮想起被丢弃的蒟蒻。够无聊的啊。

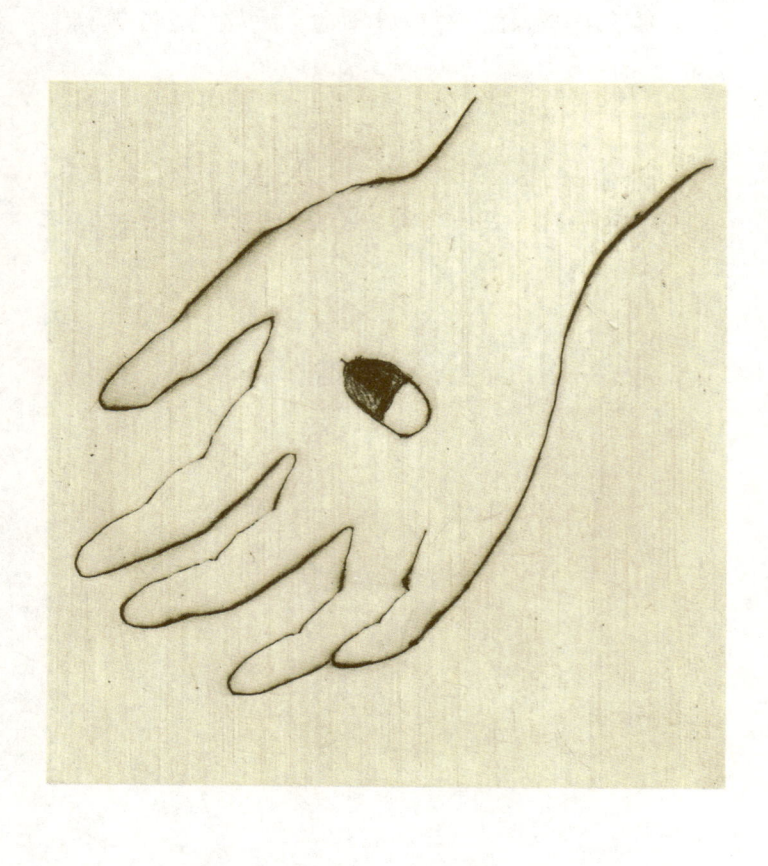

Office Hour

我曾经供职于波士顿郊外的塔夫斯大学，在那里讲授日本文学课。美国的大学有种叫"Office Hour"的制度，每周一次。在这段时间里，学生可以自由地拜访老师，随意畅谈。不同国籍的学生在 Office Hour 期间来到我的办公室，喝着咖啡啃着甜甜圈，海阔天空地闲聊。

一天，一位女生跑来说："请您帮忙看看我写的小说。"我回答"行呀"，便看了。我一般不做这种麻烦事，可因为是 Office Hour，差不多的事也只得慷慨允诺。尽管是用英文写的，好在并不长，也不是詹姆斯·乔伊斯那般讲究的文体，很容易读。她是为 Creative Writing（创意写作专业课）的作业而写的。

作品从整体上来说，虽然难说是佳作，但也有几处出色的地方。用于说明的部分稍嫌冗长,但其他内容很生动。这样的作品容易评论,我可以说"这个地方写得很好,这地方不好,所以这里这么修改就行啦"。但如果整体上很平均,看起来"还算凑合"的话,那可就让人犯难了,因为无法提出忠告。

听我这么评价之后,她露出困惑的表情,说:"可是,村上先生,我们班的老师说的完全相反。"

就是说关于她的作品,我赞美的部分,恰恰被那位女教师批评;而我批评的部分,反倒被女教师赞美。她这么一说,我便尴尬了。我又不能批评她的导师,于是含糊其词地蒙混过关了事。后来的事情我就不清楚了。

我在这里想说的是,创作就是这么回事。这固然是个极端的例子,不过什么算好什么算坏,因为场合不同对手不同,可能会相差万里。基本没有不可动摇的价值基准之类的东西。也就是说,由于师从不同的人,小说的写法可能会完全不一样。可怕啊。

不过,其实也没那么可怕。因为归根结底,人只能把与自己身材相符的东西穿在身上。不合体的东西即使勉强穿上身,用不了多久也自然会掉下来。因此将不合适的东西强加于人,或许也可以称为出色的教育。但要为此支付高额的学费,可就有点让人受不了啦。

我有时觉得搞搞 Office Hour 也不错。晚秋的午后，坐在大学狭小的研究室里，喝着纸杯中淡淡的咖啡，等待着谁来跟我聊天。偶尔这样也挺好的。

不过，有句话说来好像有点任性：最好别把您写的小说带来。

☺本周的村上　邓肯甜甜圈店退出日本，已经过去了漫长的岁月。这是国家性的悲剧。

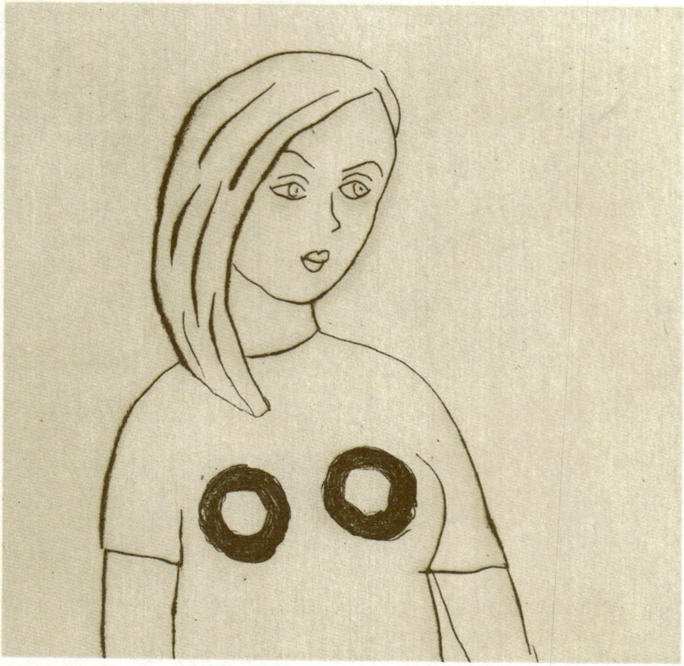

鲁莽的小矮人

除非有特别的需要，我一般不会重读自己写的书，甚至连碰也不碰。要问为什么，就是因为不好意思，和不愿看见驾照上拍得怪模怪样的照片一样。（为什么驾照上的照片都拍得那样奇怪？）因此就像沙粒从指缝间漏下一般，渐渐把自己写了些什么忘得一干二净。

这事儿说起来倒无所谓，但由于想不起写过些什么，有时竟会把同一个话题写上两遍。并非故意反复使用旧素材，只是因为记性太差。所以，就算您发现"咦！这一段我从前看到过"，也请您当我是后山上的猴子（这个从前也曾写过），笑一笑就原谅吧。

因此，下面这个题材说不定从前也写过。但我完全想不起什么时候在哪儿写过它,姑且就算是头一回写吧。

我不爱吃甜食,几乎从来不吃点心,基本也不会去买巧克力之类。然而不知何故,每年总有那么两次被强烈的欲望袭扰:"不管三七二十一,现在马上就要吃巧克力!"它会在某一天毫无先兆地降临,仿佛雪崩一般狂暴地向我袭来。

为什么会发生这样的情形,我不得而知。兴许我的身体中躲藏着一个爱吃巧克力、性情狂躁的小矮人。那小子平素总是躲在某个阴暗角落里呼呼大睡,因为某种缘故猛然醒过来时,就连吵带闹地扯着嗓子狂吼:"快!巧克力,巧克力!巧克力在哪儿?混蛋。我不管三七二十一,现在就要饱餐一顿巧克力!这混蛋!快拿巧克力来!"说不定还又是使劲踹地板,又是咚咚咚地猛砸墙。体内便有这样的感觉。

这样一来,我只能二话不说,拔脚朝附近的便利店飞奔。在那里买了巧克力(基本是格力高的杏仁巧克力,没有特别的理由),平息小矮人的雷霆之怒。一边走路一边就迫不及待地撕开封口,简直像暴风雨之夜饥肠难耐的恶鬼,将整整一盒狼吞虎咽地统统吃下去。

这一连串的仪式结束后,小矮人便心满意足,停止了吵闹,又裹紧被子呼呼大睡去了。这种"巧克力瘾"(似的东西)每年大约前来造访两次。那个性情狂躁的小矮人下一次醒来是什么时候，就只有老天才知道了。

几年前，它居然在二月十二日这天发作了，也就是说在情人节的两天前。这可真是的，再过两天的话，巧克力还不是想吃多少就有多少吗。怎么偏偏非要在这时候……但怎么抱怨都无济于事，只得照例急急奔往近处的便利店，买了格力高的杏仁巧克力，大口大口吃下去。于是一如既往，小矮人心满意足地呼呼睡去。而两天之后，我对巧克力完全失去了食欲。

真的，这小矮人太鲁莽啦。

☺本周的村上　白色情人节的回礼，我连一次都没送过，会不会有报应呀？

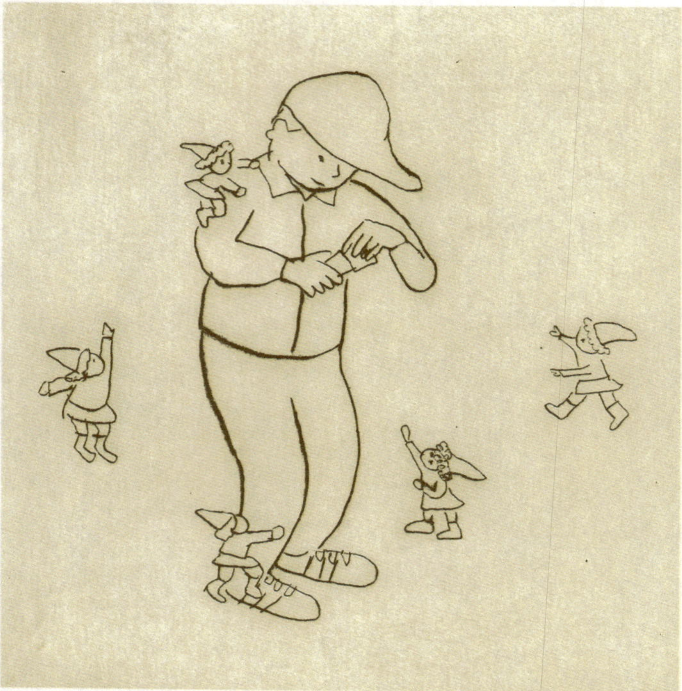

你好啊黑暗，我的朋友

　　无论是什么人，活在世上，总会拥有那么几样"一家之见"。您肯定会有，我当然也有。我的一家之见能站得住脚的范围也许是微不足道的，总之相当有限，要想博得世人的广泛赞同，看来很不容易。

　　比如说我一直（约莫有四十来年了）坚信，听过马文·盖伊与塔米·特雷尔的《你珍贵的爱》中妙句的人和从未听过的人，在对爱的感动的认识上，新鲜程度肯定有那么两三分的差异。但就算我这么说，只怕也不会有人听后欢天喜地："对对，你说得真好！"

　　这也是旧话重提：从前地铁银座线的列车在停靠车站前一定会忽然熄灯，乘客大约有一秒钟被抛在黑暗中。不知何时设备

（大概）改良过，这种情况也不复存在了。可是我不知为何很喜欢从前那个样子。每当变成漆黑一片时，我便独自胡思乱想：是啊，在人们即将抵达目的地之际，总会有深深的黑暗前来造访。随口就哼起《寂静之声》开头那句"Hello darkness, my friend（你好啊黑暗，我的朋友）"来。

在这层意义上，最近乘坐银座线没什么乐趣。当然，人家可不是为了取悦我、让我胡思乱想才开动地铁的，所以这也没办法。而且我觉得，坐过老式银座线列车的人和从没坐过的人，对人生由明转暗的承受力会有四五分差异。这也是我的一家之见。

在希腊的米科诺斯岛上过冬时，停电是家常便饭。那儿是将邻近的海岛上发的电通过海底电缆输送过来，途中经常发生事故，啪的一下就没电了。正在餐馆里吃着饭，黑暗突如其来地降临，四周漆黑一片，伸手不见五指。只能听见遥远的波涛声。侍者很快娴熟地端来蜡烛，在那微弱的光亮中，我们继续静静地进食。那其实也是颇有情调的场景。

不单单是米科诺斯岛，在东京也一样，有好几次和女士同桌进餐时遇到停电。我在餐馆里与女士相对而坐用餐时，不知怎的灯光常常会熄灭。也许我就是在这样的本命星下（是在什么星之下？）出生的。

每当这种时候，我很想不顾一切地从餐桌上伸过手去，和对方的手握在一起。不,并非居心不良,不是那样的。我始终认为在停了电的餐馆里,从餐桌上伸过手去,握住对面女士的手,是这个世界上最合情合理、最自然而然、最彬彬有礼的行为之一,就像为女士开门时用手抵住门一样。不过,我这种一家之见能否得到对方的理解呢?我还在左思右想犹豫不决,啪的一下,灯又亮了起来,于是一切都恢复到无聊的平常之中。

然而想来想去,还是觉得最近的银座线无聊得可以啊。

☺本周的村上　在黑暗中吃寿喜烧,好像很不容易,尤其是吃蒟蒻丝。

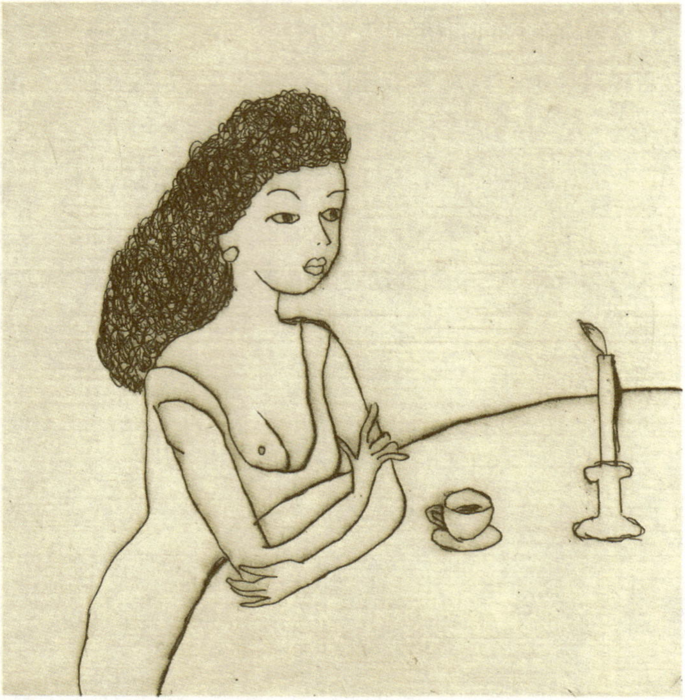

年过三十的家伙们

当我还是大学生时,人们常常说这样一句话:"别相信年过三十的家伙们。"Don't trust over thirty,意思就是说,那帮老家伙不可信。可是,怎么会一本正经地说出这种仿佛诅咒自己一样的话呢?自己有朝一日注定也会到三十岁呀。固然,我在三十岁的时候说了句玩笑话,"别相信年过四十的人"。那么到了四十岁的话,又……没完没了啦,还是就此打住。

我觉得我们在二十来岁的时候,一定是坚信等到自己年过三十,会变得跟现在的大人截然不同,而且世界肯定会渐渐变好。要知道,是我们这种觉悟崇高、理想远大的一代在长大成人呀,世界怎么可能变坏呢?坏就坏在现在那帮大人身上。很快战争就要消失,贫富差距也会缩小,种族歧视也将消亡。我们真心这么以为。约翰·列侬（恐怕）也真心这么以为。切·格瓦拉（恐怕）也真心这么以为。

但是理所当然，乌托邦实际上并没有实现。战争也罢贫困也罢人种歧视也罢，统统都没有消灭。而我们很快年过三十，大多数变成了和眼前的人们一样无聊又不起眼的大人。您也许会觉得愚不可及。事到如今我也这么认为。可是自己身处那个时代、那个场所，却根本不觉得愚不可及，反倒是亢奋莫名。甲壳虫乐队引吭高歌《你需要的只是爱》，小号朗朗地吹响乐曲。

遗憾的是（或许应该这么说），那种乐观的时代在那个时候已告终结。当今世上要想找出几个相信"今后世界将越变越好"的年轻人来，就算极其保守地说，也算得上相当艰难的活计。

就我自己而言，年过三十后有所改变的，就是成了小说家，生活面貌为之一新。戒了烟，早睡早起，每天跑步。此前我可是杆老烟枪，经常熬夜，转变之快很有些疾如雷电的意味。自那以来一直坚持至今。

而且在内心一隅，我还觉得"千万不能信任自己"。这在某种意义上，也算在坚守从前提出的"别相信年过三十的家伙们"的命题。要问不能信任自己什么地方，便是从前那个坚定地认为"世界会渐渐变好"的自己，到底去了何方？现在倒摆出一副若无其事的面孔，自行其是、健康淡然地过着自己的日子。我说的就是自己——似乎总有点难以信任之处。

萌生出写这种话题的念头,是因为日前连续观赏了关于约翰·列侬和切·格瓦拉的电影,便回想起"啊啊,是啦,当真有过那样的时代",不禁久久沉吟。倘若我能掷地有声地断言"尽管如此,你需要的,也只是爱",那该有多好。

☺本周的村上　好像没有传送带上坐着寿司师傅的回转寿司店,是因为会头晕眼花吗?

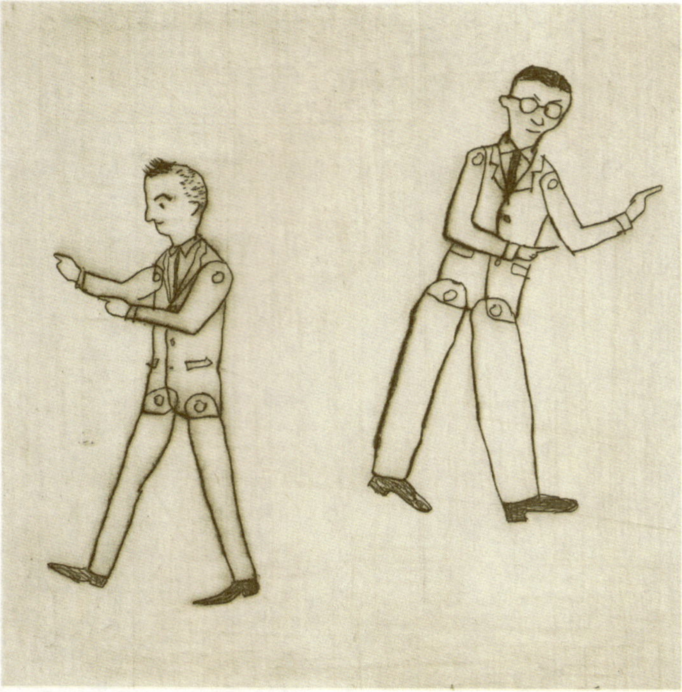

奥基夫的菠萝

每当看到菠萝，我就会想起一位美国画家——乔治娅·奥基夫。这倒不是因为她画过这种水果，恰恰相反，是因为她一幅也不曾画过。

奥基夫一九三八年在夏威夷住过大约三个月，招待她的是因生产菠萝罐头驰名天下的都乐食品公司。该公司提议由他们承担全部费用，邀请她来夏威夷，想住多久就住多久，而她只需要为他们画一幅菠萝，用作广告。实在是个慷慨大方的提案。

奥基夫半是为了疗愈婚变的伤痛，接受了这个提议，乘客轮来到夏威夷，周游列岛，疯狂地作画。映入眼帘的一切都是新鲜事物，她的创作欲被激发出来。各种植物勾起了她的兴趣。颠茄、木槿、鸡蛋花、姜草、莲花……许多美丽的画作诞生在此次逗留期间。然而，她唯独没有画菠萝。

这是为什么呢？您大概会这么想。就连我也这么想。不就是菠萝嘛，三下五除二画上一幅不就万事大吉了。尽管我不太清楚技术问题，但那肯定不是难画的东西。况且又不是什么不情之请，比如"拜托您画一幅半夜里大乌贼和大章鱼在四叠半的房间里扭作一团的画"。

然而她最终连一幅菠萝也没画，就义无反顾地回去了。艺术家嘛，该说是多愁善感呢还是情绪多变，很难相处。好像还可以用另一种说法——不过是毫无责任感而已。

对都乐食品公司来说，这下可脸面全无了。于是往她在纽约的家寄去大批关于菠萝的书，请她画菠萝。事情既然做到这个地步，也就没有办法可想了。奥基夫便极不情愿地画了幅菠萝寄到夏威夷。然而画的却不是都乐公司期待的果实，而是惹人怜爱的菠萝花蕾。还一并寄去了一幅描绘姜花的画。两幅都是美丽的画作，却都不适合用作罐头广告。

不知是何缘故，她好像异常讨厌画菠萝。不过这两幅画如今大概价值连城，都乐公司肯定也不费吹灰之力便收回了招待她的经费。得失盈亏这东西，如果不用长远的眼光去看，就搞不明白。

读了这样的故事，连我这种人也想有一回这种大胆的举动。不过，可能是与生俱来的性格使然，我做不出来。倘若是我，只怕前脚刚到夏威夷，后脚就画好一幅菠萝，完成了任务，然后再去做自己喜欢的事。

奥基夫则不然："哼，我只按照自己想画的方式去画自己想画的东西。菠萝？算什么东西呀！"她能以这样的态度特立独行。我既羡慕她，（虽然事不关己）又为她担忧：只怕不容易啊。

人的性格这东西，大概无法出于逻辑的缘故反复无常。我一边吃着菠萝当零食，一边幽幽地想。

☺本周的村上　写着"当心扒手"的招牌上，不知是谁用马克笔将"扒"字涂掉了。真是闲得可以啊。

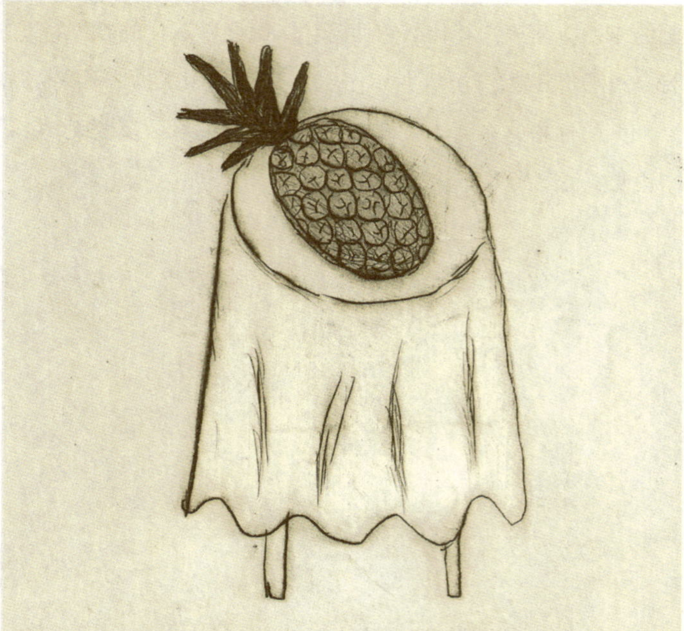

简直就像头豹子

日本的职业棒球从几时起变得不那么有趣了？这是个高难度的问题，我也没找出关键所在。

或许是始自日本职棒总冠军系列赛不再于白天举行之际，或许是始自巨蛋球场数目增加、喷射气球和花哨的女子啦啦队闪亮登场之时，也可能是始于那桩丢人的江川事件，还可能是始于名古屋某球队的教练和选手将可怜的裁判殴打至骨折住院，却只受到轻微处罚之日。总之，我觉得就是这样的事情一点一滴积累，让人们无法再像从前那般，对棒球这种竞技运动满怀朴素的依恋之情了。

而致命的最后一击，却是最近的"高潮系列赛[①]"。要让我

[①] Climax Series，日本职业棒球太平洋联盟 2004 年实施的新季后赛制度。

来说的话，那玩意儿纯粹就是为了营销拼凑出来的无聊伎俩。未能夺得联赛冠军的球队居然出场参加总冠军系列赛，不管怎样花言巧语，也无法让人信服嘛。跟美国职业棒球大联盟的季后赛完全不可同日而语。

尽管这样无休无止地嘀嘀咕咕发牢骚，可每天晚上却都在电视上观看棒球赛，看体育新闻，一得空便抬脚往神宫球场跑，就着煮毛豆痛饮啤酒。您也许会问：这是为什么呢？那我就穷于回答了。也许只能说归根结底，虽然事事皆不如意，但棒球这种竞技运动中毕竟还保留着许多美妙绝伦的部分。

那是大约两年前的事了，我在波士顿的芬威球场看了一场红袜队与洋基队的比赛。是坐在三垒看台靠后排的座位，所以三垒手防守的情景就近在眼前。洋基队的三垒手自然是阿莱克斯·罗德里格斯。从比赛开始直到结束，我既没好好看投手也没好好看击球手，只顾一个劲地观察他的防守。这是为什么呢？就因为他的动作美不胜收。每一个球，他都会微妙地变换防守位置，调整身体重心。假定一场比赛有一百五十次投球，他就会一百五十次踮起脚尖，好似一头豹子般将力量凝聚于全身。那节奏妙不可言，连一个球都不敷衍了事。

既然拿的工资高得离谱，那么干干这类基本工作也是理所当然。或许有人会这么说。这话没错。然而拿着高额工资却一心只想混日子、在细节上常常偷工减料的人,这世上还真不少呢。罗德里格斯果然不同凡响。我心里充满了钦佩与满足,离开了球场。生啤也喝啦,热狗也吃啦……谁赢了,松井有没有打出本垒打,我压根儿就不记得。但那晚的比赛在我大脑中留下的印象至今仍然十分鲜明。专程赶来球场看球,我觉得值了。

职业选手就应当这样。我得向他学习。

☺本周的村上　日本最美丽的棒球场,我觉得还是甲子园球场,虽然近来没去过。

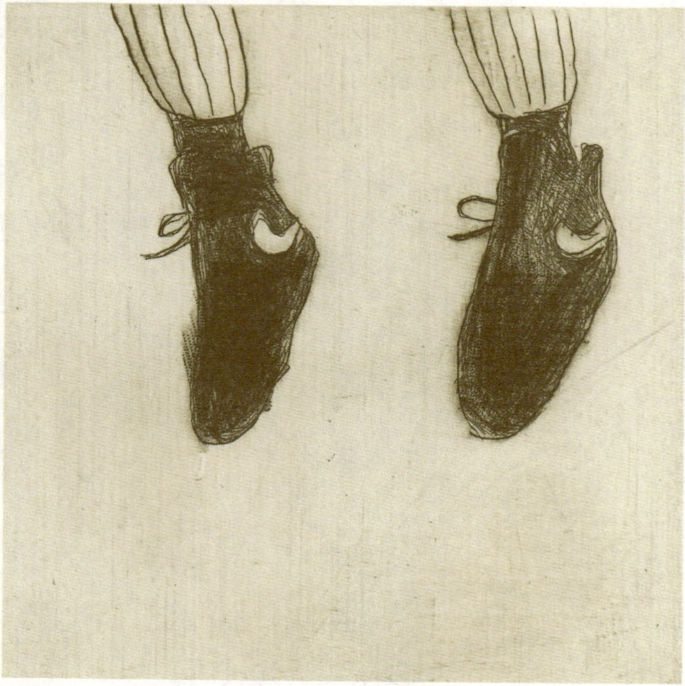

干脆就算了吧

"Memoir"通常都被译作"回忆录"、"自传",不过这样的用词刻板又做作,不易理解。说得直白点,大概就是"将人生中的所见所闻所思所想撰写成书"。海外的书店里大多都有传记专柜,那里面也包括"Memoir"。而日本的书店里大都不设这样的部门。为什么呢?

在京都的一家旧书店里找到了一本乔治·马丁的"Memoir"《你需要的只是双耳》(《All You Need Is Ears》),坐在回家的新干线上读得入迷,结果竟然把手机忘在座位上了。马丁作为甲壳虫乐队的制作人,是个传奇人物,然而那书名一看就是对走红金曲《你需要的只是爱》的戏仿。

该说这类书籍大体千篇一律吧,这本书最扣人心弦的地方,其实在开读前我大致就有数了。那便是描述四个来自利物浦的无名摇滚乐手抓住了仅有的一点机遇,爬上世界巨星宝座的惊心动魄的数年(或者说数月)的部分。至于身处底层的岁月和攀上顶点之后的时光,说来就好比之前之后的附录了。

这在甲壳虫的歌迷中大约是众所周知的事(我倒一无所知):成名前四个人拿着试听录音带跑了一家又一家唱片公司,然而没有一个人理睬他们,四人心灰意懒,觉得"什么音乐不音乐的,干脆就算了吧"。在老家的俱乐部里好评如潮,可唱片公司的大老板根本不搭理他们。对那些思想保守的人来说,这种玩意儿无非就是噪音。

然而业界大鳄百代唱片旗下有家叫百乐门的小公司,掌管该公司的乔治·马丁听了甲壳虫乐队的音乐,却认为"尽管很粗糙,但里面有动人心弦的东西"。他的主要工作并不是制作音乐,而是喜剧,但他在周遭的一片嘲笑声中仍然坚信自己的直觉,横下心来与四人签订了合同。假如马丁犹豫不决的话,那么无论是约翰还是保罗,很可能从此就会对音乐丧失信心,改行从事更加稳定的工作去了,比如说邮局职员之类。人生,是无法预计未来的啊。

∽

我在三十岁的时候获得了某家文艺杂志的新人奖,姑且以作家身份崭露头角。去出版社拜访时，一位似乎是出版部长的人物冷冷地说："你的作品相当有问题哦，反正你好自为之吧。"当时我心里老老实实地想"是吗，原来我有问题呀"，回家去了。

居然想跟甲壳虫乐队相提并论，未免太自不量力。不过我痛切地感受到，看来哪家公司都不喜欢"有问题的东西"。对不合常规、没有前例、标新立异的东西，几乎是下意识地排斥在外。我总觉得在这种潮流中，能有多少员工做得到"横下心来"坚持己见，将决定一个公司的器量。

我怎么想当然不足以改变事态，只是，日本经济今后究竟会变成什么模样啊？

☻本周的村上　我忘在新干线上的是挂着星巴克迷你杯吊坠的手机。向站员说明时，我难为情极了。

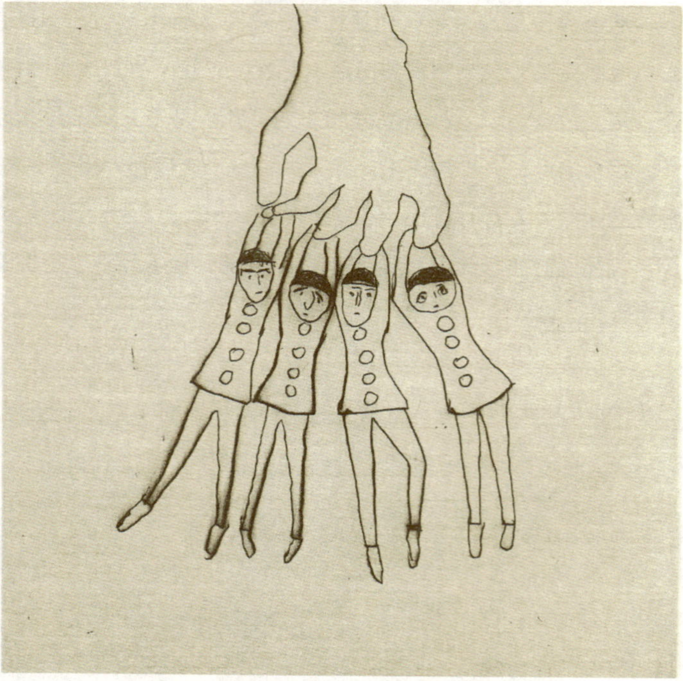

在魔鬼与蔚蓝深海之间

英语里有个表达叫"在魔鬼与蔚蓝深海之间"[①]，意思是指走投无路、日暮途穷的境况。眼前只能二选一，可无论选择哪一个，最终都无法得救。

英国有个叫泰伦斯·拉提根的剧作家，写过一个剧本《蔚蓝深海》。一位试图开煤气自杀未遂的年轻女子被公寓管理员质问："干吗要干那种事？"她便回答："眼前是魔鬼，背后是蔚蓝的深海，处于这种走投无路的状态时，蔚蓝的深海有时会显得充满魅惑。昨夜我就是这样。"

我还是个大学生的时候，读到了这个剧本，由衷地感到：

[①] Between the devil and the deep blue sea，意即"进退维谷"。英语中 blue sea 常用来比喻困难和危险，意为魔鬼的 devil 也代表不利、危险的局面。

"是啊,人有时会受到魔鬼和蔚蓝深海的双重夹击啊。"或者说,浮想起了自己被步步逼近的魔鬼和断崖绝壁前后夹击的情景,很有现实感。假如要我二选一的话,没准我也会选择跳海。谁都不情愿被魔鬼逮住吃掉,对吧?

若问这位女子为何自杀未遂,那是因为当时在英国家具齐全的公寓或寄宿人家里,煤气一般都是投入多少硬币就出来多少,而她没有投入足够的硬币就扭开了阀门,结果半道上煤气用光了。不过,我在一九八五年以后住进伦敦的公寓时,煤气已经不再是投币式的了。

孩提时代,我家附近有一处海水浴场。每到夏天,我就整天跑到那里尽情畅游。如今我仍然喜欢在大海里游泳,每年还至少参加一次铁人三项赛,尽管我游得并不算快。

在海里游泳的乐趣,就在于一旦游到海面上,四下里便空无一人。如果在泳池里,不是混杂拥挤,就是相邻泳道的家伙发起挑战跟你比赛,令人心烦。在海里就没有这种事。可以按照自己的节奏,悠然自在地游个尽兴。游累了的话,就仰面朝天、眺望长空好了。夏日辽阔的天空中飘着洁白的云朵,海鸥笔直地从眼前掠过。

当然也并非都是乐事。在海里游泳时,我就碰到过好几回恐怖的场面。曾被海蜇狠狠地蜇过,也曾被强大的潮水卷走过,一直冲到远离岸边的海上。至于腿部抽筋更是家常便饭。还没遇到过鲨鱼，不过巨大的鳐鱼倒是碰到过许多次。

最最恐怖的，是在夏威夷海中游进一处类似极深的蓝洞的地方。唯有那个地方深不可测。海水无比透明，寂静无声。我被一种错觉袭扰，仿佛自己正形单影只地从摩天大厦间的峡谷上空飘过。我有恐高症，吓得头晕目眩脊背冰凉，瑟缩成一团。

魔鬼也罢，蔚蓝深海也罢，说不定并非存在于外部，很可能就存在于我们的内心世界。每当我想起那个深不可测的蓝洞，就会这样想。它永远潜伏在某处，等待着我们通过。这么一想，便无端地觉得人生实在可怖。

☺本周的村上 "等到订婚后，就太晚了。"婚礼场地公司的广告里如此写道。可尽管您这么说……

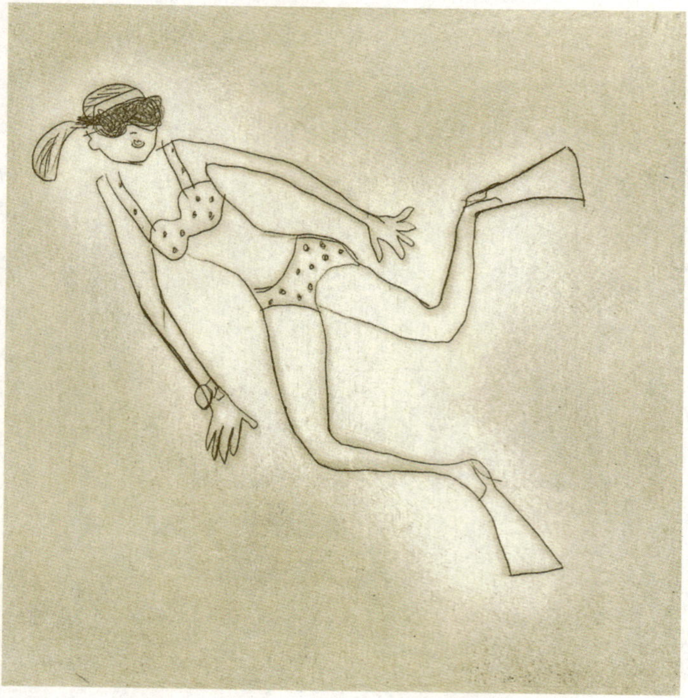

出租车的车顶之类

　　我一般不在自己的书上签名。将新书赠送给熟人时，也是不签名就寄过去。这么做的话，对方心理负担会更轻些，日后处理起来也容易。

　　也不办签售会。我对签售会不感冒，原因之一是必定有生意人跑来凑热闹，就是专门收集签名本赚钱的生意人。签售会第二天，就有签名本放在网上拍卖了。为普通读者签名，我自然毫无怨言，可一想到被拿去做赚钱的材料，就总有些提不起劲头来，您说是不是？

　　在国外倒时不时办些签售会，多是当地的出版社邀请，去了以后作为推介活动的一环，日程里便安排了签售会。这是境遇使然，不得已而为之。因此迄今在许多国家办过签售会。外国举办的签售会上也有专门的生意人来凑热闹，令人心生感慨：走遍世界，人的所作所为全都一个模式嘛。

印象最深的签售会是在西班牙巴塞罗那举办的那一次。签了两个多小时的名，可人数众多，时间还是不够。而且女孩们得到签名后，还会要求："村上先生，请亲我一下。"我也出于无奈（假话！），只得起身亲吻她们的脸颊。老是这样的话，怎么能不耗费时间？出版社的人说："因为时间有限，请不要再亲吻了。"但如此奢侈浪费的行径，我可做不出来，便说道："不，身为一个作家，我得恪尽职责。"于是有求必应，一直亲到了最后。

签名之后要求握手的还算常见，但索吻的却唯独西班牙有，而且还大多是窈窕美女哟……罢罢罢，这话还是就此打住吧。只怕要被世上的人讨厌。

世上有一种叫卡纸的东西，我怎么都喜欢不起来。就是武者小路实笃先生在上面写下"人和美哉"，旁边附上青椒之类的画的那种白色正方形厚纸（椭圆形的我没见过）。在小地方的旅馆投宿时，老板娘有时会拿来卡纸，央求道："给我写点什么吧。"我总是说："除了书，我概不签名。"也算是断然拒绝。如果是在难以拒绝的场合，就在角落里用小字简单地写个名字敷衍了事，就像怯懦的小狗在广场一角偷偷撒尿一般。当然不会画什么青椒，也不画大乌贼，不画菠萝。什么"人生即登山"之类的文字我也不写。就写一个名字,毫无可亲可近之处,众人大感失望。我虽然心生内疚,但因为缺少才艺,只能对不住啦。

曾经在读卖巨人队打过球的内野手戴夫·约翰逊说:"人家还让我在出租车顶和女人的胸罩上签过名呢。"我却在哪一样上都还没有签过。

☺本周的村上　抽水马桶上有写着"大、小"字样的手柄,不可以写成"强、弱"么?

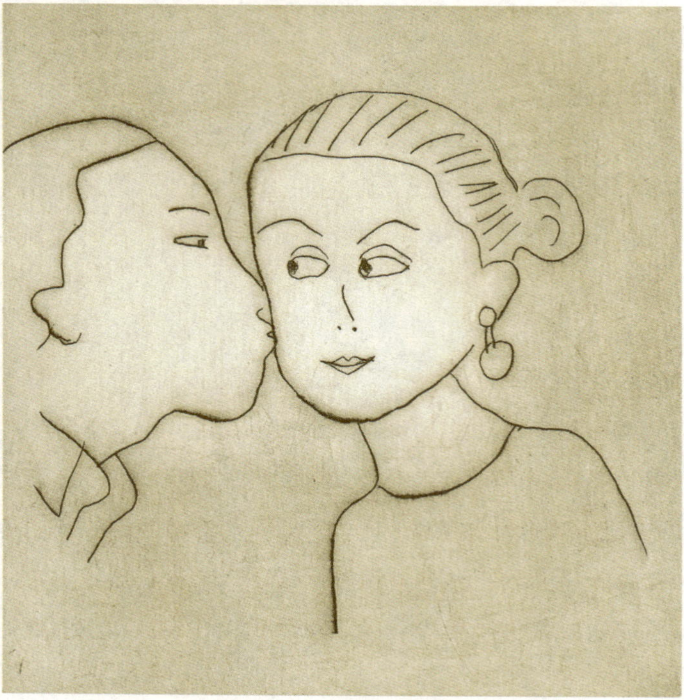

恰到好处

我已经有了一定的年纪，但绝对不管自己叫"大叔"。是的，确实该叫"大叔"，或者该叫"老爹"了，毫无疑问就是这样的年龄，可我自己不这么叫。若问什么缘故，那是因为当一个人自称"我已经是大叔啦"的时候，他就变成真正的大叔了。

女人也一样。当自己声称"我已经是大婶啦"的时候（哪怕是玩笑或者谦虚），她就变成真正的大婶了。话语一旦说出口，就拥有这样的力量。真的。

我认为，人与年龄相称，自然地活着就好，根本不必装年轻，但同时也没必要勉为其难，硬把自己弄成大叔大婶。关于年龄，我觉得最重要的就是尽量不去想。平时忘记它就可以。万不得已时，只要私下里在脑袋尖上回想一下就够了。

∽

　　每天早晨在盥洗间里洗脸刷牙，然后对着镜子审视自己的脸。每一次我都想：唔，糟糕，上年纪啦。然而同时又想：不过，年龄的确是在一天天增长。呃，也就是这么回事吧。再一寻思：这样不是恰到好处吗？

　　虽然不是那么频繁，但走在路上时偶尔有（大概是）读者向我打招呼，要跟我握手，还告诉我："很高兴能见到您。"每一次我都想说："我每天早晨都对着镜子观察自己的脸，每一次可都厌烦到了极点。"在街角看到了这样的面孔，又有什么可高兴的呢？

　　话虽这么说，呃，倒也并非全是这样。假如这个样子多少能让大家开心一点，那我就非常开心了，哎哎。

　　总之对我来说，"恰到好处"成了人生的一个关键词。长相不英俊，腿也不长，还五音不全，又不是天才，细想起来几乎一无是处。不过我自己倒觉得"假如说这样恰到好处，那就是恰到好处啦"。

　　这不，要是大走桃花运的话，只怕人生就要搅成一团乱麻了；腿太长的话，只会显得飞机上的座位更狭窄；歌唱得好的话，就怕在卡拉OK里唱得太多，喉咙里长出息肉来；一不小心成了天才的话，又得担心有朝一日会不会才思枯竭……这么一想，就觉得眼下这个自己不也很完美嘛，何况也没有什么特别不方便的地方。

如果能不紧不慢地想到"这样便恰到好处"，那么自己是不是已经成了大叔（大婶），就变得无关紧要了。不管多大年纪都无所谓，无非就是个"恰到好处"的人罢了。常常对自己的年龄左思右想的人，我觉得不妨这样思考。有时也许不容易做到，不过，让我们一起努力吧。

☺本周的村上　有生以来还从未去卡拉OK唱过歌。这样不打紧吧？

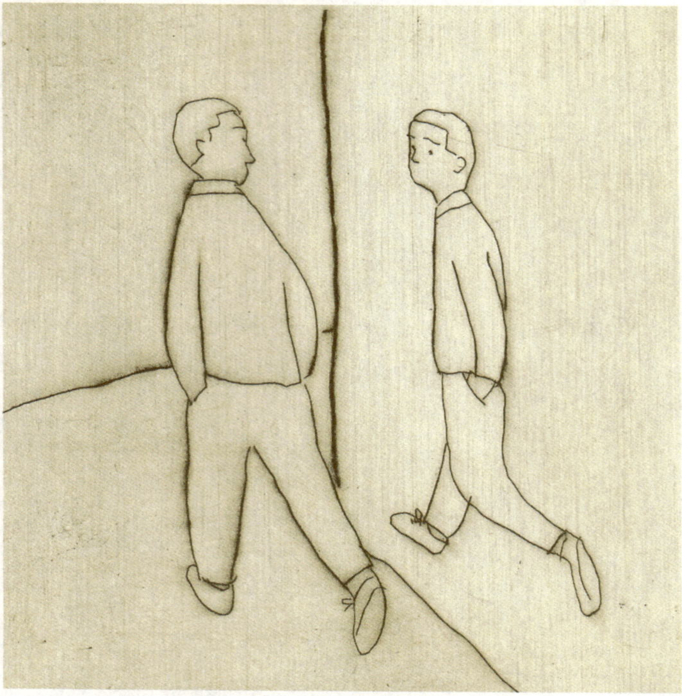

报纸？那是啥玩意儿？

阅读美国报纸时，看到这么一幅漫画。一位母亲摊开报纸，告诉两个儿子："报上说啦，邮局周六不送信了。"一个男孩问："嗯？邮局？那是啥玩意儿？"另一个则问："嗯？报纸？那是啥玩意儿？"两人都目不转睛地盯着电脑，在看 YouTube，查阅电子邮件。我不禁哑然失笑，同时又想，这绝不是可以一笑了之的小事呀。"邮局？那是啥玩意儿？""报纸？那是啥玩意儿？"这样的时代好像已经迫在眉睫，就如同曾经的公用电话从街头悄然消失一般。

日本有"报纸休刊日"，每个月大概有那么一天，隶属日本新闻协会的各家报社停止发行报纸。既不送报上门，车站报亭也无报可卖。就是说除了特例以外，报纸在日本全国悉数消失。我曾经在好几个国家生活过，订阅过那里的报纸。可是报纸也要休假这种事，却是闻所未闻。正因为每天都出报纸，所以才叫日报，哪怕一天不出，便失去了意义。你的心脏会说"每天都拼命工作，我累坏啦，抱歉，今天我要休息一天"吗？报纸难道不是传达社会心脏搏动的公器吗？

假如说"大家时不时地轮流休息一下吧"，那么为它让个一百步也无妨。然而全国所有报社在同一天，相互攀比似的都不出报纸，再怎么说都太过分。报社宣称"这是为了让送报员有时间休息"，可这种问题只要稍微改善一下工作条件就解决了。所以说，不出报纸的做法把目的与手段完全颠倒了。为什么美国能做到全年无休、天天送报，而日本就做不到，我很想知道理由。

写这种内容的文章，会受到报社没完没了的打压，这在文人的世界里是常识。我也有这样的经历。以前我写过类似的内容，某报社的大人物立马闯上门来，冲着我就是一番教训。总之，就是软性威胁。因此许多人都缄口不言。相互攀比似的恃强凌弱，只怕就是日本社会的本质。高声批判暗箱操作、恃强凌弱的媒体，自己其实也干着一模一样的勾当，实在是可悲可叹。这么做，用不了多久就会遭到报应。我刚这么一想，该说是不出所料吧，人们果然渐渐不再看报了。

归根结底，说不定就因为有报纸休刊日，人们对此习以为常，渐渐发现"就算没有报纸，也没什么不便嘛"。果真如此的话，这就是动手掐自己的脖子嘛。

我其实也是，购买报刊的乐趣就只剩下一家《纽约时报书评》了。虽然也可以在网上阅读全文，但星期天早晨去购买那沉甸甸的周刊的乐趣，没有别的能够替代。希望不至于出现"嗯？周刊？那是啥玩意儿？"那样的局面。

批判归批判（我应当有权表达这么点意见），报社的诸位同仁，尽管可能困难重重，还是请多多努力了。

☺本周的村上 "地面电视信号全面数字化"什么的，好烦人啊，干脆全都扔一边去得啦——此时此刻，我正在想这个。

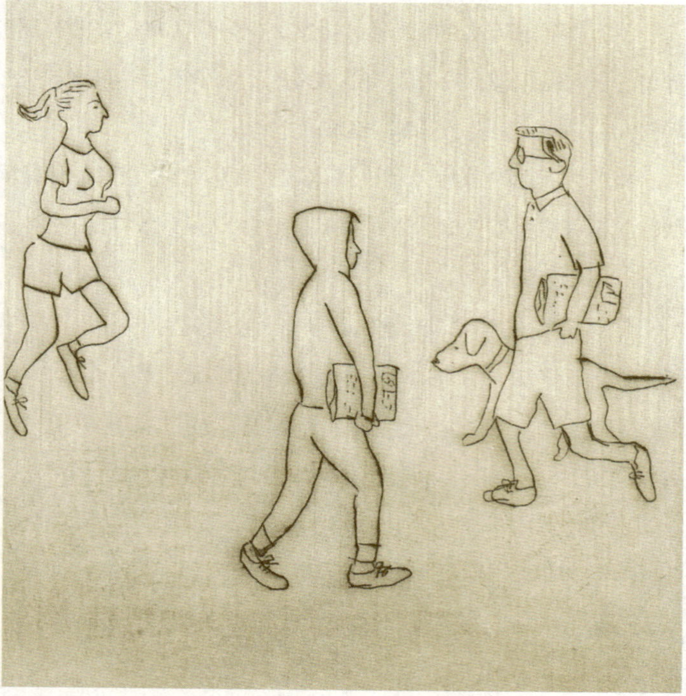

交流大有必要

法国有一位叫乔治·西默农的作家，精准的文体、敏锐的观察力和作品中营造出的感人气氛是他的拿手好戏。他写的梅格雷探长系列小说，赢得了世界性的追捧。但他著称于世，并非仅仅因为数量超过两百种的著作，还因为他是一个活跃的 womanizer（花花公子）。

据作家晚年的自白，他"从十三岁开始到现在，曾与大约一万名女子有过性关系"。这一类自白难免有些夸大其词，我们不该照单全收。他太太在他死后就曾经说过，一万这个数字绝无可能，"最多也就是一千二百人吧"。可就算如此，也足够凶猛了，您说是不是？

根据他太太的证言，西默农跟身边的女人挨个儿睡了个遍。

他身边那些有求必应的女人似乎也有问题，可明知如此，却还在那里统计人数的太太也真厉害。这到底是怎样一对夫妻啊？

西默农声称："我不把性交视为不道德。我只是需要寻求交流罢了。"然而我觉得一般情况下，世上的人哪怕没有性关系，也有办法向周围的人（即便始终说不上充分）寻求交流，生活下去。为了彼此沟通就非得一一发生性关系的话，只怕身体也吃不消吧。

西默农先生本打算摘取诺贝尔文学奖，最终却未能如愿。不过时至今日，这种事情早就无所谓了。请试着想一想，三年前的诺贝尔文学奖是被谁摘走的，已经没人记得了吧。但西默农是个性爱狂这件事，却作为传说在文学史上灿烂地（也许未必？）大放光芒。

不用说，在性爱方面，重要的不是数量而是质量。如果质量令人满意，对手哪怕只有一个也无所谓。然而就算跟一万个异性睡过，心里却没有着落，一切都无非是浪费时间和精神而已。

说个跟性无关的事——本人在收藏LP[①]唱片。纯属偶然，我也是从十三岁开始收集的，如今数量已经相当可观。几乎全是往年的爵士乐。要是人家问我有多少张，我也不甚清楚。我收进

---

① Long-Playing，即黑胶唱片。

来很多，也扔掉很多，没有时间去统计数字。我猜大概不会超过一万张，不过不能保证。

要问我究竟想说什么，那就是对收藏（倾注心血的对象）来说，问题不在于数量，重要的是你对它们理解和热爱到什么程度，有关它们的记忆在你心中鲜明到什么程度。我觉得，这才是交流这个词本来的含义。

日复一日地去逛二手唱片行，用指头翻弄散发着霉味的唱片套，心里揣摩他的苦楚：西默农先生一定也很不容易吧。世间有各色各样的人生啊。

☺本周的村上　附近有家饭馆竖着块招牌，上书"现筑（煮）意面"。真的是"筑"面吗？

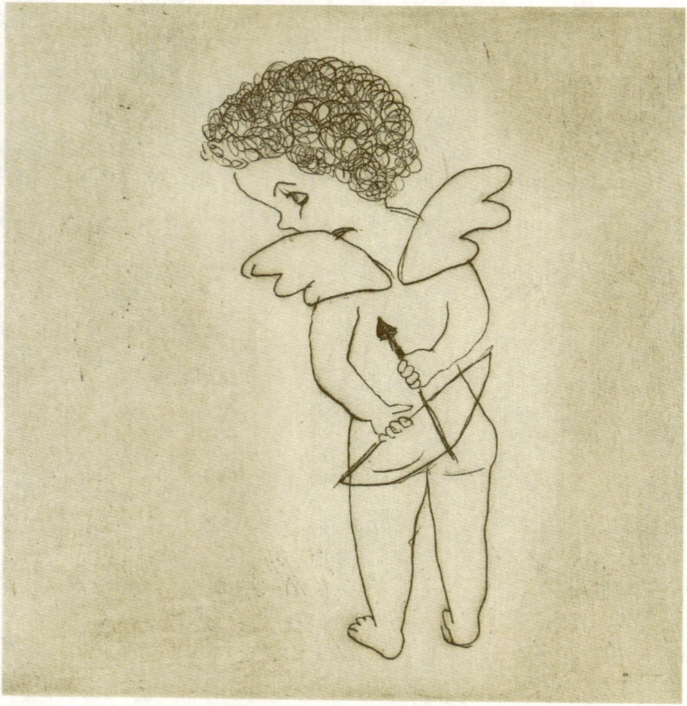

月夜的狐狸

哎呀，今年①夏天可真够热呀……本来该这么说，但实际上我根本就不热。因为从七月中旬起大约有一个半月，我人在北欧。白天有时候也挺热，但一到太阳落山后便凉快起来，一定得盖紧了被子才能睡觉。一个舒爽的夏天。抱歉——其实也不必——道歉。

在奥斯陆逗留了五个多星期，随后移师丹麦，在默恩岛上小住。那是距离哥本哈根大约一个半小时车程、浮在波罗的海上的美丽岛屿，一个非常安静（不如说偏僻）的去处。人口四万六千人，主要产业为捕捞鲱鱼。

---

① 指 2010 年。原注。

要问为何去那种地方，是因为有个文学节每年夏天都在那个岛上举办。说是文学节，其实也没什么不得了的。由一位叫玛丽安娜的本地大妈独自运作，是个作坊风格的活动，只邀请一位作家，每年都向我发出邀请："欢迎您来！"所以我想，既然都来到奥斯陆了——便跑去瞧了瞧。

在岛上，我在玛丽安娜的避暑别墅里住了五天，连续两天借用高中礼堂举办了脱口秀和读书活动。我还担心人家肯不肯来这种地方呢，不料竟然从丹麦全国各地来了好些人，媒体也做了报道，盛况可观。在奥斯陆也办过同样的活动，可场地远离人口密集地区，就内涵而言，默恩岛的活动反倒更加亲切和热烈。

到了默恩岛，首先让我感到不可思议的，是有很多猫儿在农田里跑来跑去。我去过全世界许多地方，但没怎么见过猫群在农田中央东奔西窜的光景。我问玛丽安娜："这是怎么回事？"她回答说猫儿们每到这个季节都要跑到农田里去捉野鼠。的确，玛丽安娜家那对黑猫姐妹也是，一到晚上就往外跑，直到清晨才浑身露水湿漉漉地回家来。"她们算是半野生的呢。"她说。在默恩岛上，连猫儿也在认真工作。

满月的夜晚，吃过晚饭驱车回家时，还在农田中央看到过年幼的狐狸。狐狸仿佛起舞一般，在那里跳来跳去。我停下车观赏，它们也毫无逃开的意思。那真是美丽的光景。狐狸在清澄的月光下优雅地曼舞,我陶然欲醉地眺望着这番光景。外出旅行会遇上许多烦心事,让人疲惫不堪,但不辞劳苦出门远行还是值得的。

每天清早出去晨跑,总在同一个地方看到同一只野鹿。当我跑近时,它就纵身逃走。心情舒畅地跑上一小时,其间在路上擦肩而过的,只有一辆大众汽车和一位骑自行车的老人。我心想,住在这样的地方似乎也不错。

我觉得,好像每一次出门旅行,到哪里都会思考这一类事情。

☺本周的村上 在挪威到处都能看到橱窗里摆放着下半身赤裸的人体模型。这是怎么回事?

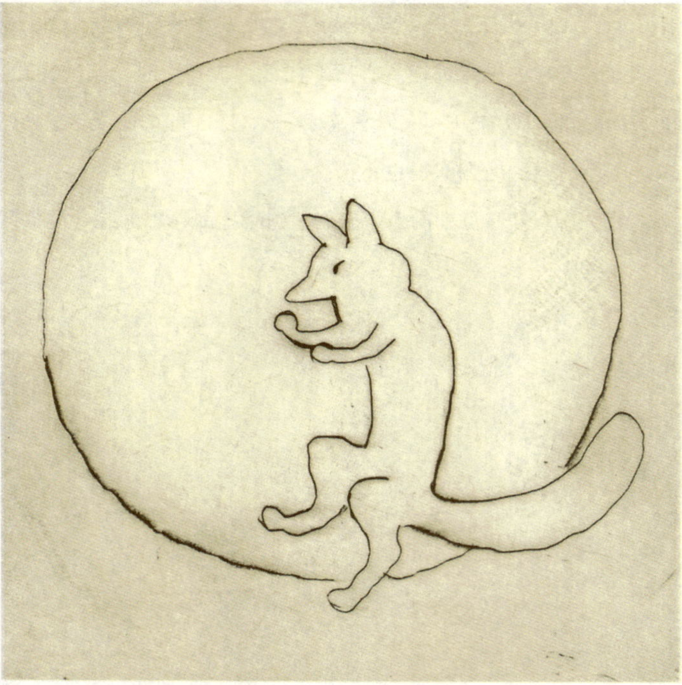

你喜欢太宰治吗？

你读太宰治吗？

说实话，我有很长一段时间不喜欢这位作家。该说是他的文体和对事物的看法稍微有些不对胃口吧，怎么也无法通读到底。倒不是否定他身为作家的价值，只是不合口味。

三岛由纪夫也和我一样（其实我觉得并不一样，但姑且算是），不喜欢太宰治的作品。战后不久，太宰治在年轻人中间广受支持，年轻的三岛对此颇为不满，张口闭口便要说他的坏话。朋友们为了好玩，有一天把三岛领到了太宰那里。据三岛回忆，他冲着这位风靡于世的当红作家宣告："我讨厌太宰先生您的文学。"只见太宰也不知道眼睛在看着谁，回答道："尽管你嘴上这么说，可你还不是跑到我这儿来了？说明你还是喜欢嘛。"

"如今我也遇到了同样的情况。"三岛写道。年轻人来到他那儿，当面向他宣告："我讨厌你的作品。"总之，就是风水轮流转。于是他也体会到了太宰当时的心情，但他绝不会像太宰那样应对。他说，他要么拿出长者风范一笑了之，要么装聋作哑充耳不闻。反正非此即彼。

我试着回忆是否也有人当面对我说过"讨厌你的作品"，但想不出来。好像时常有人这么说，又似乎从来没有人说过。大概是因为我不太抛头露面，别人原本就没有机会当面直言相告吧。

不过，假如置身这样的场合，我或许就会想，那恐怕也没办法啊。因为迄今为止写过的作品，没有一篇让我感到满意。当然，我对每部作品都满怀眷爱，自认为是倾注了全力。然而随着时间流逝，那些令我不满、尚不成熟的部分总是显得刺眼。如果有人对我说讨厌这样的作品，我就会觉得言之有理："嗯，搞不好在某种意义上真是这样。"虽然我也许不该这么乖顺地点头称是。

∽

总之，这一阵子我把朗读太宰治作品的录音下载到了 iPod 上，时常在旅途中的车厢里之类的地方拿出来听。尽管还说不上合我的胃口，尽管不时令我叹息"罢了罢了"，可是不知何故，当我不再是阅读铅字，而是倾听朗读时，竟能原汁原味、宽宏大量地接受它们。大概是因为用眼睛追逐铅字时，他那别具一格的文体特有的震撼力便荡然无存了；抑或只是因为我已不再年轻，对那些与自己秉性迥异的东西，也变得能泰然处之了？

然而细细想来，的确是这样。假如真心厌恶对方，只怕不会单单为了说一句"我讨厌那样的作品"，专程跑去见他。逻辑正确。投太宰治一票。

不过小说家总的来说是很难对付的一类人。我打心底这么想。

☺本周的村上　前不久吃过一种"柿种松脆巧克力"，味道还不错。不过，看不出有什么必要。

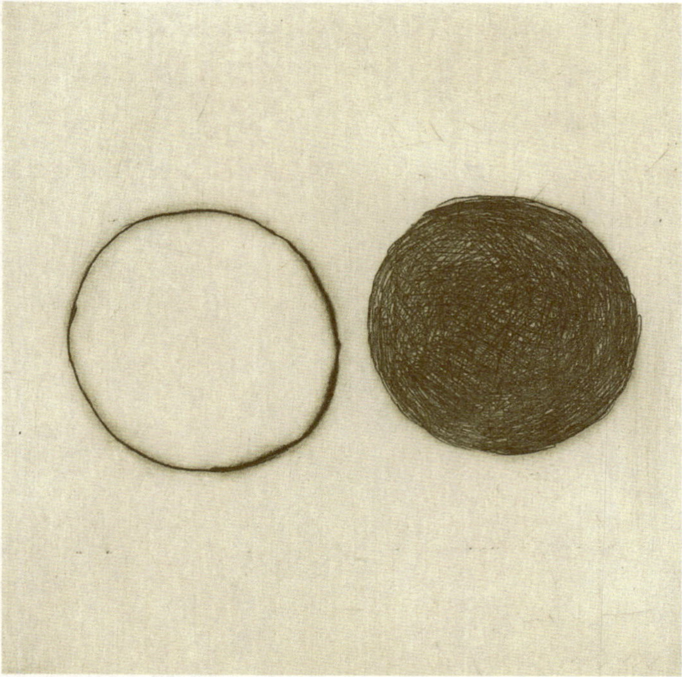

别人的性事笑不得

你去过冰岛吗？我去过。那是个有趣的地方，下次如果有机会，我还想重游故地。那地方由于货币危机、火山爆发等种种情况，最近似乎形象欠佳。不过那里空气清新，人们很热情，处处有喷涌的温泉，苔藓也很美丽，还有很多幽灵。

在雷克雅未克的宾馆里因为无法入眠打开了电视，找到了一个性频道。也许你会问，什么叫性频道？就是无休无止地播放男人跟女人做爱场面的频道。倒也没什么新奇之处，无非就是各色男女轮流上阵，大大方方地运用各种体位进行性交。隐私部位自然暴露无遗，从前戏到插入再到射精，都十分详细地一一展示。

一开头我也非常震惊，但心情渐渐发生变化，到后来就变得像观赏竞技体操表演一样了。其间甚至还有种庄重之感，我不由得在椅子上正襟危坐，郑重其事地看起来。这话说来未免有点那个，不过这世上还真有各种颜色、形状和尺寸的性器官呢。我不禁"唔"地哼出声来，十分佩服。长寿可真好。

不过看上三十来分钟，毕竟就有些厌倦了。要知道既没有台词也没有情节，只有一丝不挂的男男女女满脸凝重的表情，孜孜不倦地在那里做爱（不知为何没有人边笑边做），最终变成了单调的循环。尽管也搞点新花样，但模式到底有限。用一个奇怪的比喻，感觉简直像在看背景录像一般，比如"海洋生物"之类。

我想，假如日本也有这样的频道，性犯罪说不定反而会减少。看着别人做爱，渐渐生出这样的心情来：一碰到这种事就神色大变，把它当真的人生，想一想还真够虚幻的。

汉堡城里有一大片红灯区，我曾经去采访过一次（真的是去采访）。为了消磨时间钻进附近一家酒吧，只见店里的巨型电视正在转播足球比赛实况。德国对战土耳其。客人们个个边喝着啤酒，边扯着嗓门声援德国队，喧闹得几乎无法交谈。

然而到了中场休息时，画面忽然切换成了成人录像。就是像"嗷－嗯，啊－嗯，快别那样！呜，我不行啦"那种。店里的客人顿时鸦雀无声，人人都甚至忘了喝啤酒，屏息凝神，死盯着那火爆的画面。

然而等到十五分钟过去，下半场比赛一开始，"嗷－嗯、啊－嗯"半道上便被切断，大堂重又回归"冲上去！德国队"、"好球！打门啊"式的骚乱状态。那切换速度之快让我目瞪口呆。德国人，厉害呀。

不过性事这玩意儿，越想越让人觉得怪异。咱们还是别去想啦。

☺本周的村上 《关西新闻》的体育版上有一则新闻的标题是"布拉一炮"，好像是说阪神老虎队的布拉塞尔打出了一记本垒打。①

---

①日语中"文胸"的略称和布拉塞尔名字的略称相同。

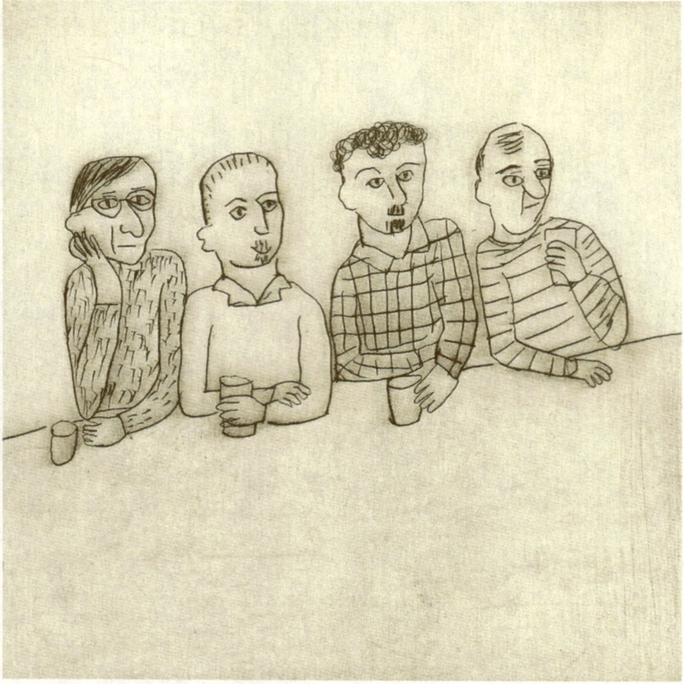

那时我喜欢书

十多岁时我最喜欢书。每当学校图书馆里有新进的装在硬封套里的图书，我就请求女图书管理员把不要的空书套给我，使劲嗅着它的气味。仅仅这样便感到很幸福。就是如此疯狂地被书吸引。

当然不单单是嗅嗅气味，也读了很多书。只要是纸上印了字，几乎什么东西都会捧在手上阅读，各类文学全集也逐卷通读下来。整个初中和高中时代，我从未遇到过读书比我多的人。

可是三十岁时，我成了一个被称作"作家"的人，打那以后，就不再像着魔般读书了。喜欢的书自然会熟读，但不再像从前那样，碰到什么算什么，拿起来就读了。也没有什么收藏书的兴趣。读过的书，除了看似日后有用的，都随便处理掉了。

尽管如此,我偶尔还是环视自己的书橱,望着历经一次次搬迁后幸存下来的旧书书脊,心中便涌出一种真实感:"是吗,我这个人说到底是由书本塑造出来的呀。"要知道在整个多愁善感的青春时代里,通过书籍摄取的信息量压倒了一切,一个人才姑且成形。假如能轻飘飘地甩出一句"是女人们塑造了我这个人",那该多神气!可惜不是。在我而言,就是书本。当然,我也可以说:"女人们给我增添了些许变化。"

西班牙的加利西亚地区有个叫圣地亚哥-德孔波斯特拉的城市,这里的高中生每年选出一本"今年读过的最有趣的书",邀请作者来校。数年前《海边的卡夫卡》获选,我得越洋出席颁奖典礼。高中生自然不可能有这么一笔钱,是另有他人赞助。

颁奖典礼在高中的礼堂里举行,然后大家围着桌子用餐。我跟高中生们谈天说地,一谈到小说,大家便双目炯炯放光。然而不管男生女生,绝大部分学生考进大学后都不打算学文学,准备专攻医科或工科。

"加利西亚不是个富饶的地方,也没有什么产业。得到外边去找工作,所以应该掌握实际的专业技术。"一个高中生告诉我。真是脚踏实地。

就是这样一群年轻人,在如此遥远的地方,热心地(有时还是如饥似渴地)读着我的小说。一想到这里,便喜上心头。如此说来，自己念高中时也曾经看书看得两眼放光，甚至忘记了时间的流逝。

高中时代，我想都没想过自己居然会成为小说家，甚至从未想过自己竟然能写出像样的文章来。只要有书读，就很幸福了。不，只要嗅一嗅装书的封套就很幸福了。尽管现在摆出一副理所当然的面孔，说着装模作样的话。

☺本周的村上　养乐多燕子队田中浩康的握棒姿势，很像猫儿竖起尾巴摇来摆去的样子嘛。

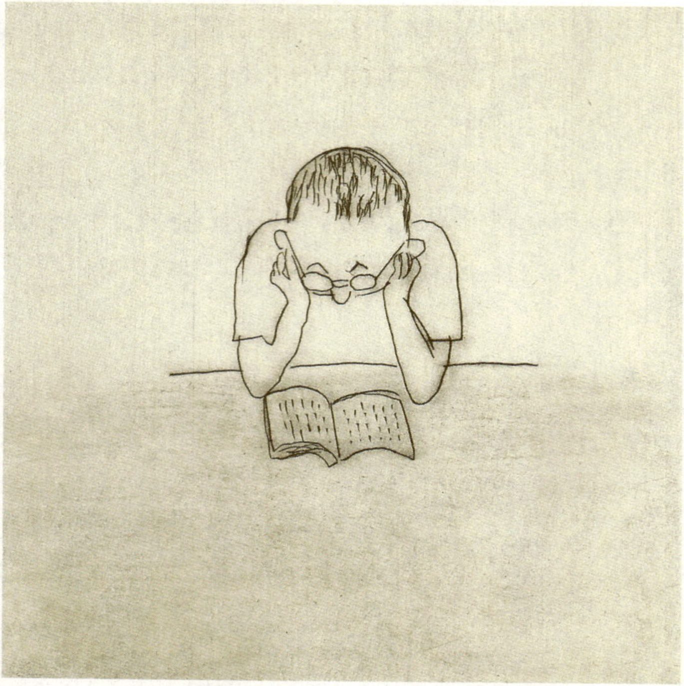

手机呀，啤酒起子呀

　　二十世纪六十年代有一部由克劳德·勒鲁什执导的法国电影《一个男人和一个女人》，您知道吗？当时的少男少女都为这部影片陶醉。当然，如今这些人早已不再是少男少女了。

　　不久前，我偶然看了这部影片，不料居然出现了主演让·路易·特兰蒂尼昂在汽车里掏出手机凑到耳边的场景。啊？等等！这个时代不可能有手机吧？再仔细一瞧，原来只是个电动剃须刀。男主角在车子里熬了一夜，正在剃长出来的胡须呢。喂喂，您别搞这么容易让人混淆的戏码嘛。不过当时的人们自然无从知晓，有朝一日手机竟然会登台。

　　细细想来，在没有手机的时代，人们似乎不觉得没有手机会造成不便，因为没有它才是正常状态。假设是没有啤酒起子的话，恐怕才会让人感到大为不便呢。

要是有人问我，那没有手机之类也无所谓吗？我倒没有自信这样断言。我只能说，有的话固然非常便利，但没有的时候，也没觉得如何不方便。文明这东西真有点不可思议，一面制造出一种新的不方便，一面却有某样东西变得便利起来。反正比起手机，我对啤酒起子更有好感。不过，这也许只是因为我爱喝啤酒。

转念一想，啤酒起子现在其实也不再用了。从前是附近的酒类零售店成箱地把瓶装啤酒送货上门，如今在量贩店里用便宜的价格批量购买罐装啤酒成了主流。铝罐既轻又方便携带，还可以省去处理空瓶的麻烦。

不过，我可以在全世界所有的神面前郑重宣誓：论喝啤酒，瓶装的要远比罐装的美味。证据就是，如果寿司店里给客人送上罐装啤酒，绝大部分客人肯定会怨气冲天地大吼："开什么玩笑！"然而奇怪，回到家里（恐怕）就毫无怨言地喝起罐装啤酒来。再怎么想，这都是很有欺骗性的生活形态吧……其实大言不惭地说着这种话的我，在家里却也噗地发出窝囊的一声拉开拉环，喝起了罐装啤酒。不知不觉间便败在了现实的便利性脚下，对不住诸位啦。

然而被压瘪的空啤酒罐总让人感觉憋闷。难道不是吗？清晨看到昨夜喝空的铝罐，我便没来由地感到空虚。"哦哦，又喝了这么多啊。"与之相比，空瓶子则永远挺拔直立，清清爽爽。

我时常回忆起还没有手机、用啤酒起子中规中矩地喝瓶装啤酒的时代。那是个相当不错的时代。可是如果有人问我是否比现在更快乐，唔，我倒无言以对。

☺本周的村上　我家附近立了块牌子，上面写着"我们的城市不需要形迹可疑者"。可猛然这么一说……

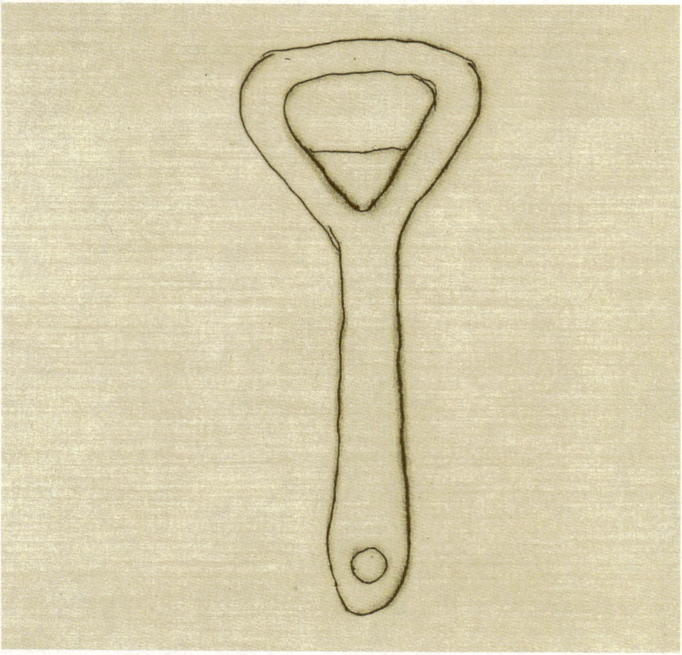

大杯焦糖玛奇朵

在外国经常看到一望便知是来自日本的、正在新婚旅行的年轻男女,看上去满面春风。"真好啊,终成眷属。"尽管事不关己,却忍不住会这么想。因为众人都坚定不移地坚持独身的话,日本的劳动人口必将变得越来越少。

只不过望着这些人,我每每心存不解。经常看见这样的光景:女人出面负责用英语交涉,男人则缩手缩脚地躲在背后,坐等大功告成。是女性比男性语言能力更强,还是作为社会整体趋势,女性的激情提升,男性的却反倒减退了?

看看在学校里的成绩,女生往往要比男生优秀,所以新婚旅行的事说不定也是它的延长。虽然事不关己,我却很想提醒男人一声:"喂喂,稍微振作一点嘛。"当然,我不会说出口的。

∽

　　几年前,在檀香山的星巴克里,我正在排队等着点餐,前边有一位日本女子,好像是来新婚旅行的,照例是由她来排队,而她那年轻的丈夫百无聊赖地坐在椅子上等。柜台里面接待客人的,是个将一头金发束成马尾的美国女孩。

　　女子用磕磕巴巴的英语说:"呃,一份大杯、冰的、焦糖玛奇朵……"柜台里的美国女孩马上用流利的日语复述:"好的,一份大杯焦糖玛奇朵冰咖啡,对吗?"刚巧碰上了个会说日语的美国人,可是我前边这位女子好像全然没有注意到对方说的是日语,继续用英语说道:"再来一份大杯欧蕾冰咖啡。"

　　美国女孩也面不改色,始终笑容可掬地说着日语("您是在店里用,还是带走?请问您贵姓?"),我前边的女子则始终说英语。一准是事先输入了程序"得用英语这么说",于是满脑袋全是它,至于对方说的是什么语言,根本就无暇顾及。金发姑娘也许会说日语之类的事,根本不在她的预想中。

　　我非常想提醒她一声"那个,人家在说日语呢",但最终还是判断:别,少管闲事为好。只管老老实实地聆听这各行其是的奇妙对话。呃,只要彼此能沟通不就万事大吉了嘛。回忆起当时的光景,便会忍俊不禁。并不是觉得滑稽可笑,我当时甚至对她有自然的好感，现在仍是这样。理所当然，与身后坐在椅子上傻乎乎地等着坐享其成的男人相比，她绝对更出色。在外国用生疏的语言向对方传达自己的意愿，实在是费神又费力。要是她能在某个地方度过幸福的婚后生活就好啦。这也许就是多管闲事吧？

不过，那个焦糖玛奇朵，我还从没喝过呢。是什么味道呀？

😊 本周的村上　如此说来，我在星巴克还从没喝过普通咖啡以外的东西呢。会不会是人生的一大损失？

美味鸡尾酒的调法

我从前（那还是成为小说家之前的事）大概有七年时间，经营着一家类似酒吧的小店。当然，也经常咔啦咔啦地摇着调酒器，调制鸡尾酒。

当时我真切地感到，哪怕是调制一杯鸡尾酒，也有人高明有人拙劣。高明的人来调的话，就算有点偷工减料也照样好喝（有时那人还不会喝酒）；而换个人来调的话，就算是全力以赴，味道还是不怎么样。我则属于马马虎虎的那一类，我觉得。

奥森·威尔斯拍过一部叫《公民凯恩》的电影。一个美国大富豪想把年轻的情妇打造成著名歌手，就从意大利请来一流的教师负责培训。然而这个女人根本就没那份才华。最后那位教师仰天长叹："世上有会唱歌的人，也有不会唱歌的人。"扔下这么一句话，就打道回国了。

此话说来有点出格：性爱之类其实也是如此。高明的人天生就高明，不高明的人天生就不高明。不是通过学习就能如何的。呃，这个……算了，不说啦。

我在说什么来着？啊，对了，是说鸡尾酒。

开店那阵子，每当有新店员加入，我就要教他们鸡尾酒的调法。其中既有怎么练也练不出来的人，也有刚一上手就能调出美味鸡尾酒的人。这只能说是天分了。

我在《国境以南，太阳以西》那本小说里写到过这件事。调制美味的鸡尾酒，需要调酒师身上某种与生俱来的东西。于是遭到某位批评家的批判："实际上不可能存在这种东西。"我在小说里基本不写实际存在的东西，可是偶尔写了点真人真事，就常常受到非难，比如"这种鬼话，一派胡言"。这是怎么回事呀？说不定是我有什么人格问题。

但在我微不足道的人生经验中，的确有这样的事情。尽管在逻辑上无从证明，却实际存在。想调出令人满意的鸡尾酒，就必须具备与生俱来的资质。这是事实。而且这类虽然微小却不容否定的事实，必须在人生中付出一点代价，才能实实在在地传递到心底。

我不太喜欢鸡尾酒。平日基本是朴实无华地喝点啤酒、葡萄酒、加冰威士忌之类。但在正宗的酒吧里面，因为机会难得嘛，总是点鸡尾酒。

我比较喜欢用伏特加做基酒的鸡尾酒，因为伏特加本身几乎没有味道，跟鸡尾酒高不高明毫不相干。巴拉莱卡、血腥玛丽、伏特加马提尼……就连伏特加橙汁鸡尾酒这种简单的大杯饮料，有没有微妙的灵感，也会奇妙地让味道产生变化。这种地方就跟写文章一样。

说这话倒不是为酒吧做宣传：青山的"酒吧·收音机"的血腥玛丽还是值得一尝的，我觉得。

☺本周的村上　边唱歌边游泳的人，出乎意料地还挺多。我爱唱的歌是《黄色潜水艇》。噗噗噗。

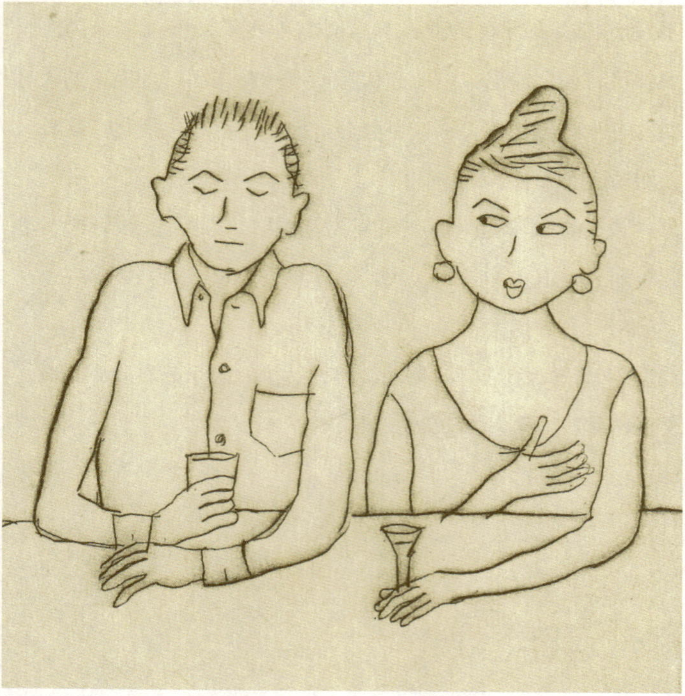

海豹之吻

　　海豹油这东西您知道吗？一如字面所示，就是从海豹脂肪中提取的保健食品。北极圈的爱斯基摩人从来不吃蔬菜，光吃动物性食品，却几乎不见动脉硬化。经过调查，原因就在于他们日常食用的海豹肉。其中所含的 ω-3 脂肪酸具有清洁血液、保持心脏强健、维持关节柔韧的效果。

　　海豹油在日本也买得到，只是价格相对偏高，去奥斯陆时顺便在当地买了些。在保健食品店里，我正打算买胶囊，收银台的大婶却告诉我："服用胶囊不如直接喝新鲜的油，效果更好。只不过呢，就是稍微有点腥……"我从她的话里听出了"外国人嘛，就怕喝不来"的言外之意，于是顺理成章，局面就变成了"哟，那还不得喝喝看吗"，便把新鲜的海豹油买回家了。当然，油要比胶囊便宜得多，也是原因之一。

然而实际上，那可绝不是什么"稍微有点腥"。不开玩笑，奇腥无比。腥得就像"早晨睁开眼一看，身上骑着一头大海豹，怎么推也推不开，还被它强行撬开了嘴巴，伴着温乎乎的口气，把湿漉漉的舌头使劲伸了进来"。你绝对不愿遇到这样的倒霉事吧？

可是我这个人有种不肯服输的怪脾气，心里念叨着"什么东西"，每天早上都满满地喝上一大勺。屏住呼吸一口喝下去，然后再喝一大杯水，可尽管如此，还是恶心难耐，所以再立刻咔嚓咔嚓地嚼曲奇饼干之类的甜食。不这么做的话，就实在无法忍受。勺子上和杯子上也腥味浓烈，必须马上用洗涤剂洗净。

那么是否有效果呢？我不能断言有。这正是各种保健食品的问题所在。服用和没有服用的结果，无法公正地进行比较和对照。加上我原本就没有健康问题，数值上也看不出有没有良好的变化。不过在国外东奔西走旅行了一个半月，在外用餐偏多，却从未感到身体不适，看来还是有一定的效果吧。

不如说，我抱着坚定的决心：每天早上都捏着鼻子喝这种奇腥无比的东西，倘若再没有效果，岂能饶了它！我还感觉正是这种决心，非同一般地增进了我的健康。假如只是漫不经心地服用胶囊，恐怕不会对海豹油产生如此强烈的执念。

我把这个故事讲给挪威人听，他们个个都皱眉头，因为每个人都有小时候被逼着喝海豹油的记忆。还对我钦佩不已地说："那么腥的东西，你还真喝得下去啊！"顺便说一句，如今新鲜的海豹油好像无法邮购，有意主动走上苦难道路的诸位，或者有意体验一次海豹深吻的诸位，也许只能亲赴奥斯陆选购了。不过可腥得要命哦，真的，不开玩笑。

☺本周的村上　如果被食蚁兽来个深吻，好像也很够呛啊。不过，这类事情其实不必特意去琢磨。

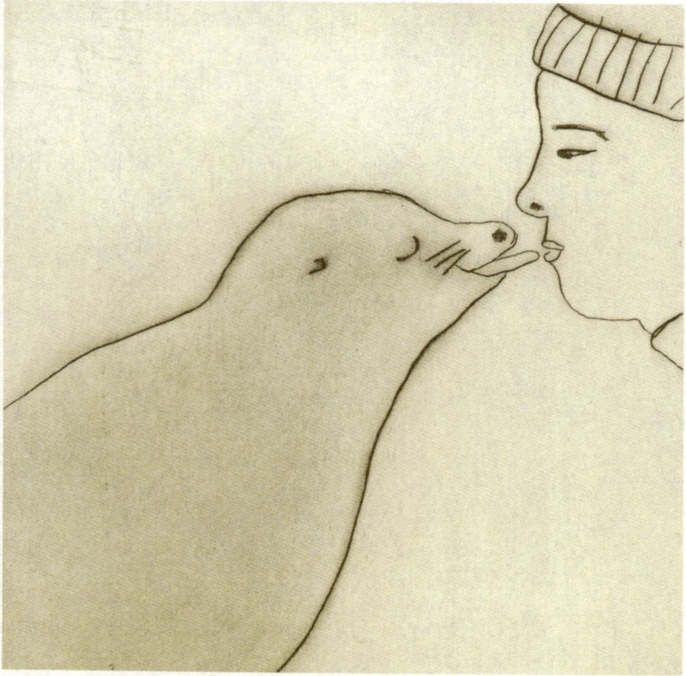

鳗鱼店里的猫儿

　　从前,表参道的警察岗亭旁边有一家小小的鳗鱼店。名字记不得了,建筑风格更像是普通民家,客人的坐垫上总有只猫儿在晒太阳。我喜欢在过午时分走进那家鳗鱼店,坐在猫儿身旁吃鳗鱼。如今那家鳗鱼店已经不复存在,好像摇身一变,成了一家叫"赛百味"的快餐店了。

　　从前那一带很安静,来往行人也不多,保留着猫儿可以酣然午睡的环境。尽管我就在一旁吃着鳗鱼,它也全不在意,呼呼大睡。一定是闻过了太多鳗鱼的味道。

　　我在青山一带住过很长时间,去过各种各样的餐馆,其中大多已销声匿迹。就说超市,"Yours"消失了,"纪之国屋"也彻底变了模样。二十多岁的某天，我正在纪之国屋里为买蔬菜左右盘算，走来一位上了年纪的店员，满腔热情地长篇大论，向我传授如何挑选新鲜的生菜。我心想这个人可真闲得慌啊。后来有人告诉我："他就是纪之国屋的社长。"也不知是真是假（如果是真的，倒不失为一桩美谈）。总而言之，我因此学会了挑生菜。

餐厅"KIHACHI"还在青山桥附近的时候，每逢下大雨或大雪，或是台风来袭，我总是在那里用餐。平时很难订到座位，不过一遇上恶劣天气，退订就会接踵而至，可以在空荡荡的店里心平气和地享受美味。那时候我就住在附近的楼里（那幢楼最近也被拆毁了），暴雨也罢狂风也罢，都不在话下，反倒经常期盼：台风差不多也该来了吧？如今KIHACHI也不知去向了。

"下午茶"还在根津美术馆附近的时候，我常常跑到那里去看书。因为很少有可以看书的明亮的咖啡馆，我很珍爱它。然而我珍爱的店基本不多久便销声匿迹了。如今举目四望，处处都变成了星巴克。

从神宫球场看球回来，常常顺便去外苑大街的酒吧"阿库"喝酒。点酒时，我随意杜撰个鸡尾酒名字（比如"西伯利亚清风"之类），痞痞的酒保就会不动声色地胡乱调上一杯鸡尾酒递给我。真是一家不可思议的店。坐在就在旁边的"Roy's"的柜台前，喝着生啤吃小牛排，也是我私下里的乐趣之一。遗憾的是，两家店都迁往别处去了。

我最怀念的，也许就是表参道的鳗鱼店了。那时候还没有"表参道之丘"，也没有路易·威登和贝纳通，没有半藏门线。岗亭里的警察永远显得无所事事，猫儿趴在洒满阳光的坐垫上熟睡。不过那猫儿当真对鳗鱼毫无兴趣吗？

☻本周的村上　从前养过的一只猫最爱吃"品川卷"上的紫菜。拜其所赐，我净吃剥去了紫菜的饼干。

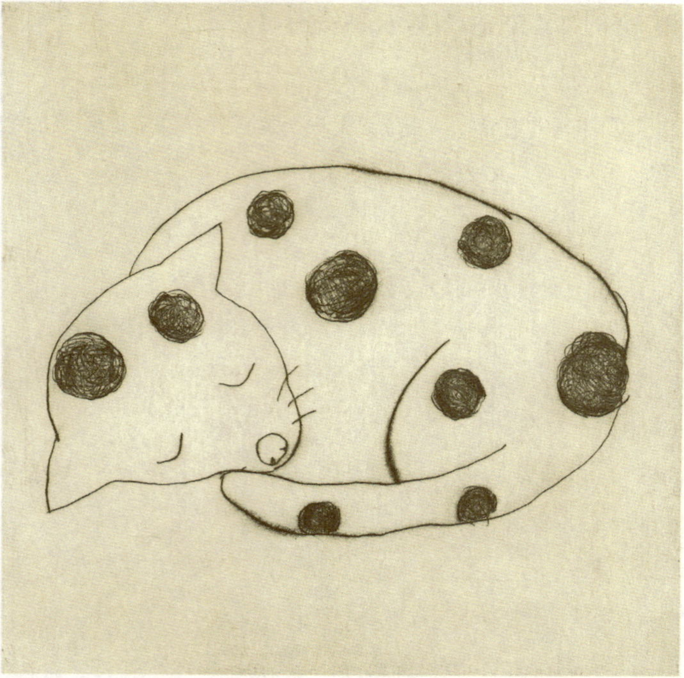

住在玻璃屋子里的人

要做翻译工作,就得一年到头查词典。总之,不将词典当作终生密友的话,这份工作就别想做好。哪怕是认识的单词,为慎重起见也要翻翻词典。所以,就会在词典里有些新发现。

本来没打算做什么翻译,所以这种事情无所谓?说来也是。不过没关系,您就姑且听听得了。

我从前就喜欢记诵词典里的例句和谚语,一看到这类东西,就随手记在手边的纸片上。比如:

Those who live in glass houses shouldn't throw stones.

住在玻璃屋子里的人不能乱扔石头。就是在责怪和非难别人之前,最好先审视一下自己有没有短处的意思。针对别人的失误口出狂言,而自己以前也有类似的过失,这种事一旦败露,可就颜面扫地了。结局就是"哼！凭你这副德行还要说我"。

在野党时代信口开河大话连篇，可选举获胜当上首相后，揭开盖子一看……这种情况也有过呢。政治家原本是靠这个混饭吃的，姑且随他去，但神经正常的人可能从此就一蹶不振了，因此还是谨慎行事为好。

话题还是回到翻译上去。阅读别人的译作时，该说是职业病吧，我会留意误译。别人的缺点要比自己的缺点显得更刺目。其中大半是与情节展开无碍的细微错误，但偶尔也让人觉得："这好像不大妙吧。"

在一部已经成为长销书的美国小说里，有个总是嘎嘣嘎嘣地嚼胃药的调酒师，作为挺重要的角色登场。这是一个被胃功能虚弱困扰、有点神经质的人。然而在译作里，却变成了他总是在嚼雪茄。雪茄和胃药可是有天壤之别哟。咬着雪茄干活的调酒师也不现实呀。但迄今为止，阅读这本小说的日本读者脑海里，（肯定）都烙上了那位调酒师男子汉气概十足地咬着雪茄的光景。

假如出现了事关主要故事情节的重大误译，我会悄悄告诉编辑，但不会大声说出来。因为没有不犯错误的翻译家（就像没有从不弹错的钢琴家），我自己当然也绝非与误译无缘。也就是说，作为住在玻璃屋子里的人，我小心翼翼地留神不要乱扔石头。发现了他人的错误，我只是悄悄地自戒："我也得小心啊。"

尽管如此,可还是会出错。

只是——这并非托词——世上还有比误译性质更恶劣的东西。那就是文字拙劣的翻译和味同嚼蜡的译文。与之相比,胃药和雪茄的差异之类的……还是不成吗?好尴尬呀。

☺本周的村上　十二月啦。在季节转换之前得听一遍圣诞唱片,忙啊。

希腊的幽灵

我不是迷信兆头、笃信灵感的那一类人（说起来我应该算是个散文式的人），不过也有些场所，走到那里时偶尔会感到"这个地方可不太对头"，觉得不可久留。

希腊某港口城市有一家宾馆就是这样。那一次是为了给某杂志做采访，去了希腊的一个岛屿。我和编辑、负责摄影的三浦，还有他的助手，一行四人在傍晚时分筋疲力尽地抵达了那座萧条的城市。好不容易找到一家寒酸的宾馆，由我跟主人交涉入住事宜。因为我多少能说点希腊语，就充任了这个角色。

然而刚踏进楼内，我就感到："这家宾馆危险。"空气湿漉漉的，有一种黏糊糊的不快之感。墙壁和天花板异样地泛白。还是别住这种地方了吧——我产生了这样的直觉。

三个空房间,每间一千日元(左右)。的确特别便宜,可我不想住这里,便说道:"不好意思,我们再去找找看有没有更便宜的旅馆。"正打算走出去,主人却提议:"七百就行。"我说:"可还是有点……""那就五百好了。"他再次挽留我们。既然砍价都砍到这个份上了,就连我也没了拒绝的理由。再怎么说是希腊的旅游淡季,一晚五百日元的房钱也绝不能说贵。

我跟编辑商量:"怎么办?"他说:"气氛很不对头,不过大伙儿都累了,就在这里得啦。"于是订下三个房间。我和编辑各一间,三浦和助手一间。

房间也怪。与其说是宾馆的客房,看上去更像病房。说不定那里以前的确是家医院。涂成白色的简陋铁床摆在房间的正中央。我心想"好讨厌啊"。可我也累了,痛饮一番自己带来的威士忌,便进入了梦乡。

到了早晨,在早餐桌上遇到摄影助手,他告诉我:"其实昨天夜里发生了很可怕的事情,我几乎一夜都没睡着。"只见他脸色发青,身子好像还在发抖。

他半夜里偶然睁开眼睛,看见一个黑色人影般的东西正绕着熟睡中的三浦的床,势头迅猛地转圈。在路灯从窗口射进来的微弱光线下,那个难以看清的东西一个劲地转个不停,一直不减速。他就这么彻夜未眠(呃,的确是睡不成觉啊),眼巴巴地望着那令人毛骨悚然的情景,浑身颤抖。

起床后他问三浦:"三浦先生您什么也没感觉到吗?"三浦回答:"这种事,我一点也不知道呀。啊啊,睡得好香啊。肚子饿啦。"他就是这么个人。

那是怎样的幽灵,出于什么目的要在深更半夜出没于那个房间,我自然一无所知。可一整夜围着沉沉酣睡、浑然不觉的三浦转个不停,这样做又有什么收获呢?关于幽灵,难以理解的东西实在太多。

☺本周的村上　学生时代去北陆旅行,有一次以为是在公园里露宿,起来后一看,原来却是墓地。

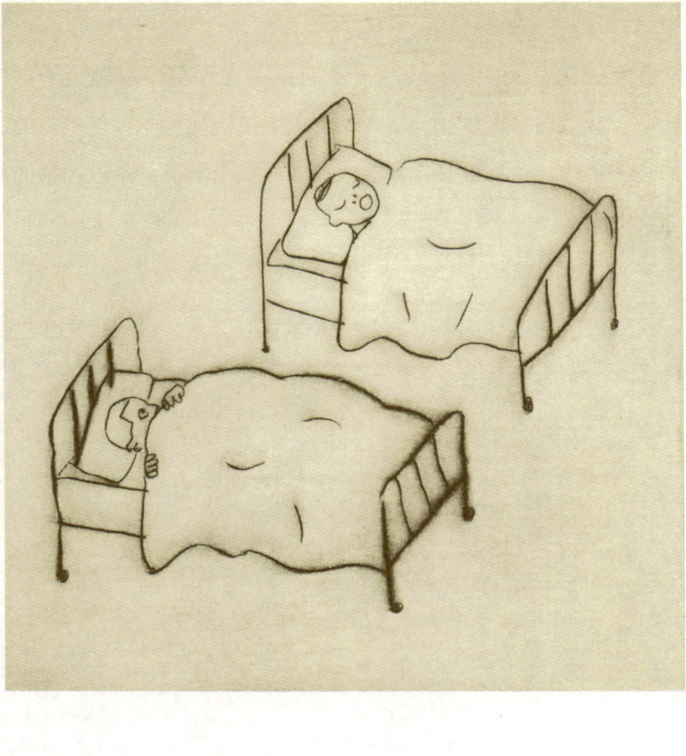

一人份的炸牡蛎

正过着婚姻生活的诸位恐怕都明白,如果夫妻俩在口味的偏好上有所不同,是非常麻烦的事。我们家基本以鱼和蔬菜为主,口味偏淡,在这些方面有共通之处,还算好的。可即便如此,对烹调方法和食材的偏好还是有种种差异。

比如说,我太太不喜欢吃油炸食品和火锅类,因此结婚后从不为我烹制这类菜肴,说是"有违人生信条"。话说到这个份上,就叫人无法反驳了。虽说是夫妻,可"请违背你的人生信条"之类的话,也万万说不出口。万一对方要求"那么请你也违背一下你的人生信条",岂不叫人犯难。

因此,想吃炸牡蛎和寿喜烧的时候,就只好自己动手,自己享用。趁着太太跟朋友一起外出吃中华料理的良机,我果断实施这样的计划，白天就井井有条地把材料准备妥当。

我不讨厌烹调，所以并不抵触做菜，然而不管是炸牡蛎还是寿喜烧（我猜诸位大概同意我的看法），孤独一人一声不吭地吃，可算不上很愉快的事。寿喜烧尤其让人感到无趣，要面对着火锅，百无聊赖地一边嘟囔"那边的肉好像好啦"、"该加点烤豆腐进去啦"之类的，一边进食。

汉堡牛肉饼和油炸土豆饼也一样，想吃的话就得自己动手。我总是多做一些，放在冰箱里。想吃的时候就取出来，解冻后或是煎或是炸，独自一人吃。开一瓶价格适中的葡萄酒，看看电视转播的棒球比赛，听听斯坦·盖茨的旧唱片，不装腔作势（不用说，也不点蜡烛），只是默默无言地吃，却也自得其乐，吃得喜滋滋的。

有一次冰箱出了毛病。冰箱的问题就是总会突发故障，连预告也没有。等到发现时，就已经坏了。不巧的是，偏偏我刚做好一批油炸土豆饼放进去冷冻。眼睁睁地看着它们就在我眼前分分秒秒地自然解冻，心中哀伤不已。那心境就好比看着小猫咪因为肠扭转在眼前痛苦挣扎。绝望之余，便将化开的统统再炸一遍吃下去，可胃的容量又有限……

说到炸牡蛎，最佳配菜还是卷心菜丝。说实话，我比较擅长切卷心菜丝。咔嚓咔嚓地切成丝，高高地装满一大碗，一个人吃个精光。基本上,就这两样菜便足够了。满满一大碗卷心菜丝,加上刚刚炸出锅,正吱吱作响的热腾腾的炸牡蛎。然后就是豆腐大葱味噌汤、热乎乎的白米饭、腌茄子。对啦对啦,还得先准备好塔塔酱……啊呀呀不行啦,这么写下来,忽然无比想吃炸牡蛎。好为难哪。

☺**本周的村上** 山手线上,我还从未下过车的车站有三个。下次下车看看。

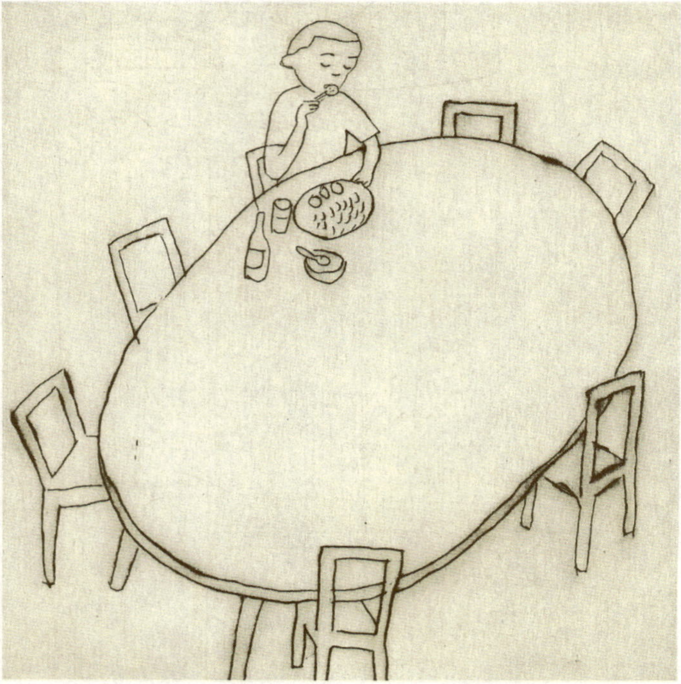

自由、孤独、不实用

我迄今为止开了约莫十五个年头的敞篷车，只有两个座位，手动挡。虽然难说是很实用的家伙，却是我好言好语才说动了妻子，一来二去竟已换过三辆。一旦习惯了拥有这种汽车的生活，就很难回到原先的身体状态了。

敞篷车有什么乐趣？不消说，就在于没有车顶。没有车顶，一抬头就能看见天空。等红灯的时候，我基本挂在空挡上，心不在焉地看着天空。

天晴时可以遥望蓝天，看见鸟儿从天上飞过。看见各种各样的树木。看见许许多多的楼房和窗子。风景与季节同步，一点点地变幻。我感触良深：是啊，我们平时忙于生活，几乎从来不抬起头看看天空。虽然对脚下的事情知道得不少，可关于头顶上的风景，却出乎意料地缺乏了解。

最精彩的是眺望流云。云究竟来自何方？又去往何处？就这么恣意想着，等红灯也好堵车也好，都不再是痛苦了。只是常常稀里糊涂地没留意到红灯转绿，遭到后面的汽车鸣笛抗议。

不过敞篷车在女性当中声誉欠佳。风会吹乱头发，阳光会晒黑皮肤，还容易引人注目，冬天太冷夏天太热，驶进隧道里连交谈都会变得困难。因此，我的车子副驾驶席上就没怎么坐过人。常常是一个人心不在焉地仰望天空。外表看上去或许显得豪奢，其实敞篷车也是一种孤独得出奇的代步工具。呃，不说也罢。

高中时代，我看过一部由保罗·纽曼主演的电影《地狱先锋》。纽曼饰演的家住洛杉矶的私家侦探卢·哈伯，开的就是一辆破旧的保时捷敞篷车。老婆跟人跑了，工作也极不稳定，眼见着就要步入中年，连早晨第一杯咖啡的咖啡粉都用光了。他总是醉态酩酊，上午睁开眼时，电视准是开了个通宵。

不过每当开着那辆油漆剥落的敞篷车，沐浴着加利福尼亚的阳光，听任海风吹拂着头发，他便觉得自己仿佛起死回生了，于是摘下太阳镜，脸上浮出潇洒的微笑。至少我是自由的，他心想。开篇这个场景给人深刻的印象。这部影片我看了好多遍。

不消说，从前也好现在也好，我始终生活在距离保罗·纽曼十分遥远的地方，但连我也能理解他的感受。"自由"这东西，哪怕只是短短一瞬间的幻想，也是无可替代的美妙事物。

我驾驶敞篷车时经常听埃里克·伯顿与动物乐队演唱的《飞行员》，还屡屡跟着一起纵声高唱。这歌，真好。

☺本周的村上　行驶在上越高速公路上，看到一块标志牌上写着"为心灵踩刹车器，为健康吃灰树花"，相当难懂。

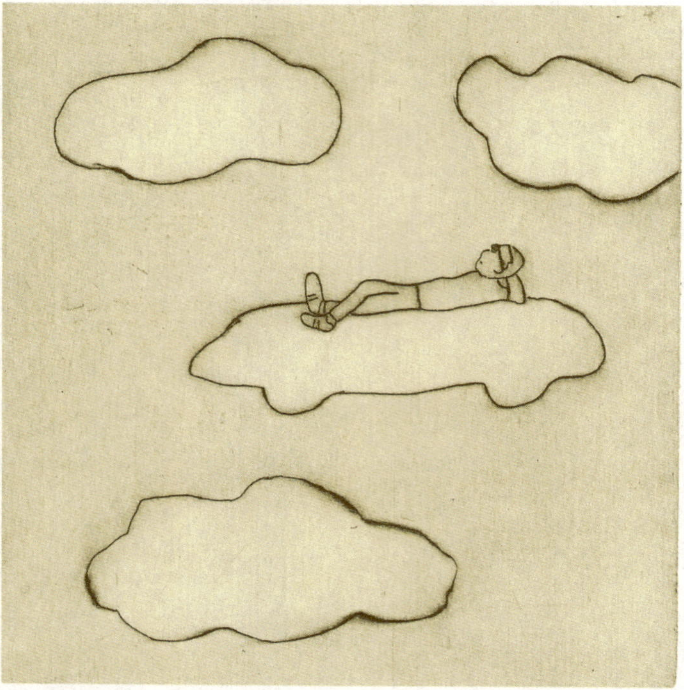

大萝卜

　　有一个叫"拔萝卜"的俄罗斯民间故事，成了幼儿园固定的游戏节目。也许是由于这个缘故，搜索一下 YouTube，就可以尽情观赏日本各家幼儿园表演的《拔萝卜》。大概是里面含有某种吸引孩子心灵的东西。

　　只是，我一直有一个疑问：这个故事在大萝卜终于被拔出来时就结束了，可是，拔出来的大萝卜又如何处理了呢？我猜想，老奶奶可能把它做成了一道菜，分给每一个前来帮忙的人。不过，那道菜味道好吗？从我的经验来看，发育异常、长得过大的蔬菜，大都滋味平平，不够好吃。

　　假如大伙儿热汗淋漓地围桌而坐，吃着那道萝卜，结果异口同声地说："难吃死啦！"连被专程喊来的老鼠都开口抱怨：

"这算什么东西嘛!"弄得怨声载道,于是日积月累,数年之后爆发了俄国革命……总不至于弄成这个样子吧。

日本的《今昔物语》中也有个大萝卜的故事。很久很久以前,有个男子从京都赶赴东国。半夜里经过某地时,忽然涌上一股强烈的性欲:"不行了,我再也憋不住啦!"场面十分尴尬。碰巧旁边就有一块萝卜地,他便跑过去拔起一根大萝卜,挖了个洞,与那根萝卜进行了一次美妙的交合(这不适合让幼儿园拿去做游戏)。几分钟后,"哇,好爽哪!"男子将那根大萝卜放回地里,继续直奔前程。固然对不住那根萝卜,不过跟随意拖来个少女强行施暴相比,就纯洁得多了。

次日清晨,萝卜地主人(十五岁)的女儿来到田间,发现了被扔在那里的大萝卜。"哎呀,怎么回事呢?还挖了个洞。"边说边把它吃了下去。过了几个月,她的肚子圆滚滚地鼓了起来,显然是怀孕了。父母勃然大怒,训斥她:"瞧瞧你都干了什么不要脸的事!"可女儿却莫名其妙。

"这么说来,上次我见地里掉了一根挖了个洞的萝卜,就拾起来吃掉了,打那以后就觉得身子不舒服,后来就变成这个样子了。"女儿哭哭啼啼地说道。这样的解释自然不能让父母信服(一般说来,这的确不能服人啊)。可后来看见女儿生下个漂亮的婴儿,父母也只得认命:"算了,由它去吧。"百般疼爱地抚养那个孩子。

没过多久,那男子在东国飞黄腾达,返京途中路过之前那块萝卜地,得知自己五年前苟且过的那根萝卜历经种种原委,最终竟不可思议地让这家的小姐怀了孕,生下一个孩子。"哦,这也是缘分哪。"于是两人结为夫妻,幸福美满地白头到老。

好奇怪的故事啊,不管读多少遍都觉得太超现实了,没有任何教训和寓意。莫非是说,就算性欲再怎么强烈,也切不可随意与蔬菜交合,即便是萝卜,也是有人格的,便是这个故事要告诉我们的吗?虽然同样是萝卜的故事,在俄罗斯和日本却相差十万八千里。

☺本周的村上 "好像不大对头嘛。算了,由它去吧。"动辄如此思考的国民性,兴许不大适合闹革命吧。

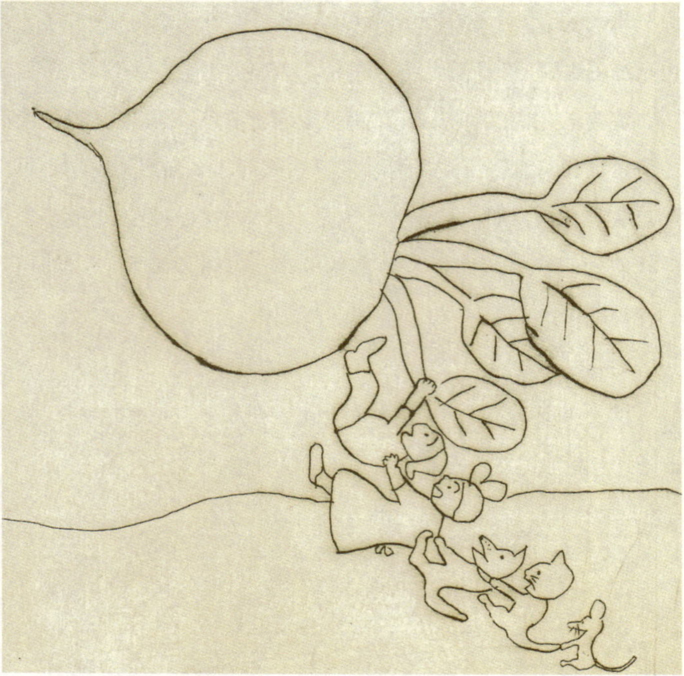

从这扇门进来

不时有人问我:"村上先生,您写随笔连载时,心中预设的是怎样的读者?"这么一问,倒叫我难以回答了。因为《an·an》的主流读者听说是二十岁至三十岁的女性,可二十岁至三十岁的女性是怎样一群人?她们在想些什么?我几乎没有具体的了解。我周边的女助手和女编辑也是,最年轻的(失礼啦)也已经三十多岁了。

于是乎,就算想预设读者,我也做不到。所以也不再自寻烦恼,反正就拣自己想写的东西写——我心里只惦记着这么一点。这样做似乎有点只顾自己,不过我是别无选择。对不起了。

反过来,对我来说,正因为从一开始就放弃了预设读者,文章反倒能写得更为自然。既然没有"这些东西非写不可"之类的束缚，就可以悠然自在地施展手脚。呃，这其实也是我在《an·an》上写连载的原因之一。

比作做饭团的话，就是要精心挑选大米，细心煮成饭，然后用恰到好处的力度，利落地捏成团。这样做出来的饭团，不论谁吃都会觉得味美。我乐观地认为文章也一样，只要是真心实意地"捏出来"的，就能超越性别和年龄，里面所含的情感大概就能比较顺畅地传递。如果说得不对，那就抱歉啦。

我自己二十多岁的时候，是相当杂乱无章，整天瞎忙。一般人都是先从学校毕业再就职，然后结婚。我则完全颠倒，是先结婚，再工作，然后再从大学毕业。要说乱七八糟，也确实够乱七八糟的，可结果就成了这么个顺序，所以也无可奈何。又不是小孩子的钢琴汇报演出，不能说一句"不好意思，弹错啦"，然后从头再来一遍。

于是我还没弄清楚所以然，二十多岁的时代就手忙脚乱地过去了。它推开这边这扇门走进来，就这么穿堂而过，从那边那扇门走了出去。要说那十年间我还记得些什么的话，就是一天天拼命干活、经常债台高筑、养了许多猫咪。就这些了。其他事情几乎毫无记忆。也没有时间停下脚步不慌不忙地思考问题。甚至连自己是幸福还是不幸福这样的疑问，都不曾浮上脑际。

因此与世代无关，普通人在二十多岁时究竟是什么样子，我都无从想象。那是欢乐的青春的延续，还是让自己顺应社会的痛苦过程，抑或是原本就不存在所谓"普世性"的东西？

你在二十多岁时又是什么样子？或者说，曾经是什么样子？说实话，这是我真心想知道的问题。

☻本周的村上　在柏林看到过一家"素食主义汉堡包店"。进去吃了吃，出乎意料地美味。

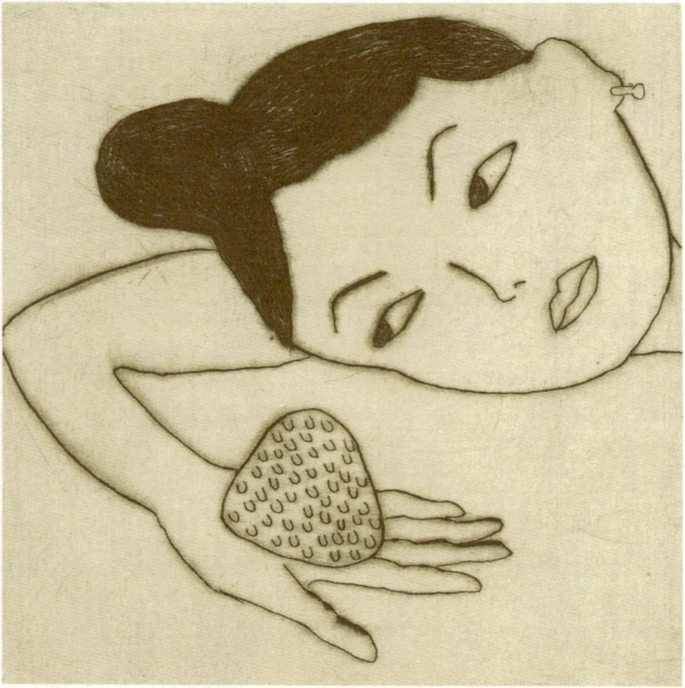

难挑的鳄梨

世上有许许多多难事。比如说从学艺大学前到新木场去,坐地铁如何换乘才能最快抵达？这也是难度很高的问题。不过我个人觉得,世界上最大的难题,恐怕就是预言鳄梨的成熟期了。甚至应该让全世界最优秀的学者齐聚一堂,搞个"鳄梨成熟期预测智库"。没人给我成立个这样的智库吗？大概不会有吧。

不管怎么说,鳄梨的问题就在于无论是端详还是触摸,从外观上都弄不明白它究竟是能吃了,还是不能吃。满心以为"已经好了吧",可拿刀一切,却还坚硬无比;觉得"大概还不行",便搁在一边,谁知里边已经烂成糊状了。迄今为止,我糟蹋了多少鳄梨,真可惜!

不过世上有形形色色的具备特殊才能的人。我曾住在夏威夷考爱岛北滩写长篇小说，附近有个镇子叫基拉韦厄。是座小镇，驱车只需一分钟就能穿城而过。沿着基拉韦厄通往灯塔的干道稍稍向右转，有一家小小的水果摊，在那里售卖各种水果的胖老太就能几近完美地说出鳄梨的成熟程度。

每次去买鳄梨，她都会叮嘱我"这个再放上三天"、"这个明天就要吃掉哦"，而她的预言准确得令人感动，简直不妨说是特异功能。我为那时间点的精确而感动，基本一直在她那儿买鳄梨。其他水果摊主的"宜食时间"指示大都是信口开河。

说到鳄梨的吃法，首选非加利福尼亚寿司卷莫属，不过做成沙拉也很美味。将黄瓜、洋葱和鳄梨拌匀，再浇上姜汁沙拉酱，这种简单的沙拉成了我家的传统菜肴。曾经有一阵子每天都要吃。

白天集中精力写小说，到了日暮时分，有时去基拉韦厄小镇上的电影院看场电影。遗憾的是这家电影院约莫两年就关门了。

克林特·伊斯特伍德导演的《神秘河》，我就是在这里看的。非常好看的一部电影，只是在马上就要结束的时候，胶片忽然起火，啪的一下断了。正惆怅地想着"只剩一点点了，在这种关键时刻可真是……"，只见一个人站起身，高举着双手吼道："喂，到底谁是犯人呀（Hey, who's done it）？"满场（其实最多也不过二十来人）爆发出哄堂大笑。

如此说来，昭和三十年代，日本的电影院里也有这种亲切的气氛。事后，我满怀眷恋地想。但悬疑片看不到结尾，毕竟令人心痒难耐，哪怕是把电影票钱退还回来也不行。

就这样，每当看到鳄梨，就不禁回忆起不知道结尾的《神秘河》。

☻本周的村上　假如有"鳄梨天妇罗盖饭"之类，我倒很想吃吃看。什么地方有啊？

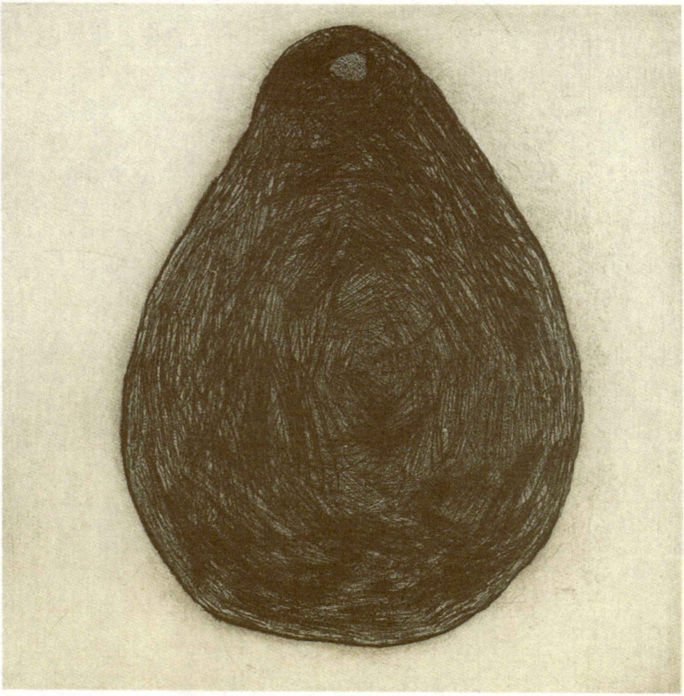

得穿西装啊

我一直都是个自由职业者,因此几乎没有机会穿西装。世间说不定也有人"没有必要系领带,可因为生来就喜欢领带,所以每天必定要系上"。但在我身边,这样的人一个也没有,我当然也不干这种事。领带这玩意儿,不习惯的话相当痛苦呢。而且夏天里还热。

不过连我这样的人,住在罗马的时候,也常常穿西装系领带。要问为什么,就是因为如果衣着不够光鲜,去饭馆用餐时,店家就不会把上好的座位安排给你。意大利就是个在这种地方泾渭分明的国度。他们以衣帽取人,根据衣服的质地、穿戴的方式来判断一个人的地位,进而区别对待。因此吃过几次苦头后,再加上我太太也强烈希望,于是进像样的饭馆时必定要穿外套、系领带。我是专程去用餐的,可不想被领到像被服间一般糟糕的餐桌边去。

所以住在意大利的时候,作为餐馆对策,买过好几条领带。阿玛尼呀米索尼呀华伦天奴什么的。是在当地买的,所以很便宜,可如今却要烂在箱底了。

在日本,不会像在意大利那样因为服装打扮遭受歧视,穿西装的习惯便暂告一段落了。一年只需穿个一两次。话虽如此,我毕竟是个社会人,有时会忽然遇上非穿西装不可的情况。适合不同季节和用途的衣服,都得分别预备一两套,所以时不时下决心去买西装。尽管觉得又花钱又费事,可是,呃,没办法啊。

去买西装的时候,我是穿西装去的。因为短裤加凉鞋这样一身打扮走进服饰店的话,挑选西装时会不方便。穿好西装系好领带,套上皮鞋,先利索地将大脑基本调节成西装模式,然后再去买。

不过仔细想来,我穿西装其实是这种情况最多。一句话,简直就像是为了穿着它去买西装,才买西装的。真是不合逻辑的思维啊。

迄今所买的西装中,印象最深刻的就是获得文艺杂志《群像》新人奖的时候,在颁奖仪式上穿的那一套。我那年三十岁,连一身西装都没有,便跑到青山的 VAN(就位于如今的"布克兄弟"那儿）店里，买了一身橄榄绿的棉布西装。当时是初夏。还买了米色衬衣和茶色针织领带。因为没钱买皮鞋，就穿着双褪色的匡威运动鞋去了。如今偶尔穿西装时，还会有意无意地想起那套棉布西装。

偶尔我会想，既然有了西装，应该更常穿才是。可就是太麻烦……

☻本周的村上　要是有什么《轮回日记》的话，话题就要永无终结之日啦。

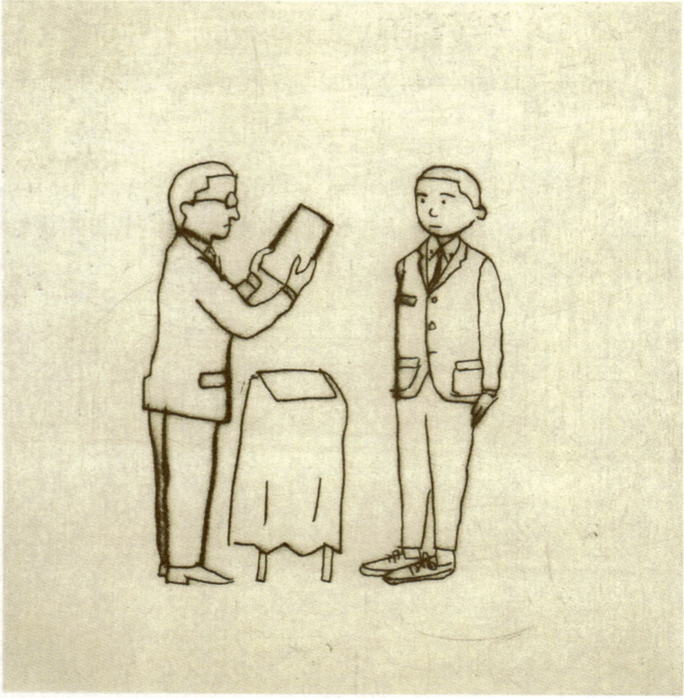

非凡的头脑

世上有一种人十分厉害,任凭你天翻地覆,也敌不过他。并非多如牛毛,但偶尔会有。

比如说罗伯特·奥本海默就算一个。你知道奥本海默先生吗?就是第二次世界大战期间研发原子弹的核心人物,一位犹太裔美国物理学家,被称为"原子弹之父"。他很久以前就过世了,我也没有见过他。不过,此人以非凡的头脑驰名于世。

比如说有一次他突发奇想要阅读但丁的原著,单单就为了这个目的,花一个月学会了意大利文。因为被安排去荷兰讲学,他便寻思:"哟,这倒是个好机会。"学了六个礼拜,就能说一口流利的荷兰语了。还对梵文产生了兴趣,一本《薄伽梵歌》的原文读得入迷。总之但凡有兴趣的事情,只要稍稍集中一下精力,差不多都能轻松搞定。这可不是人人都能做到的。他是天才，这一点任谁看来都一目了然。

然而唯独政治判断力，却是连他这种人也有所欠缺的。忘乎所以地弄出原子弹来倒也罢了，可就在实验迫在眉睫时，他却吓得面色苍白。"我造出了何等可怕的东西！"在原子弹扔到广岛之后，他对当时的杜鲁门总统说："我的双手沾满了鲜血。"总统面不改色，递给他一块叠得整整齐齐的手帕，说："用这个擦擦。"政治家，可真厉害啊。

学语言就像修习乐器。努力固然很重要，但与生俱来的才华和资质更能说明问题。我周围也有几个人得天独厚，具备这样的才能，稍加学习，就能说一口流利的外语。看到有人能把英语、法语、德语、西班牙语、瑞典语、粤语、日语、韩语样样都说得流利通畅，便觉得自己窝囊透顶。

我在学校里学过英语和德语，还曾请老师单独授课，学习法语、西班牙语、土耳其语、希腊语。然而学会的只有一门英语，其余的几乎忘得一干二净。法语现在张口就能说出来的，只有"请给我生啤"和"那不怪我"这两句了。（这到底是怎样的搭配啊？）

不过在阅读奥本海默的传记时，我痛感"自己不是天才，简直太好啦"。他不得不背负着把大规模杀伤性武器带到人世间的心灵重负度过余生。他努力试着弥补，却反而深深卷进了原本就格格不入、冷酷无比的政治世界，受伤更深。

我自然离所谓"非凡的头脑"很遥远，忘掉的东西远比记住的东西多。但兴许该说是拜其所赐，也不必体味如此残酷的痛苦境遇。每天喝喝生啤，随便找点借口过日子。尽管有时候心里也会琢磨这种状态是否对头，算了，姑且由它去吧。

☺本周的村上 "那不怪我"是读加缪的《局外人》时记住的。全怪太阳不好。

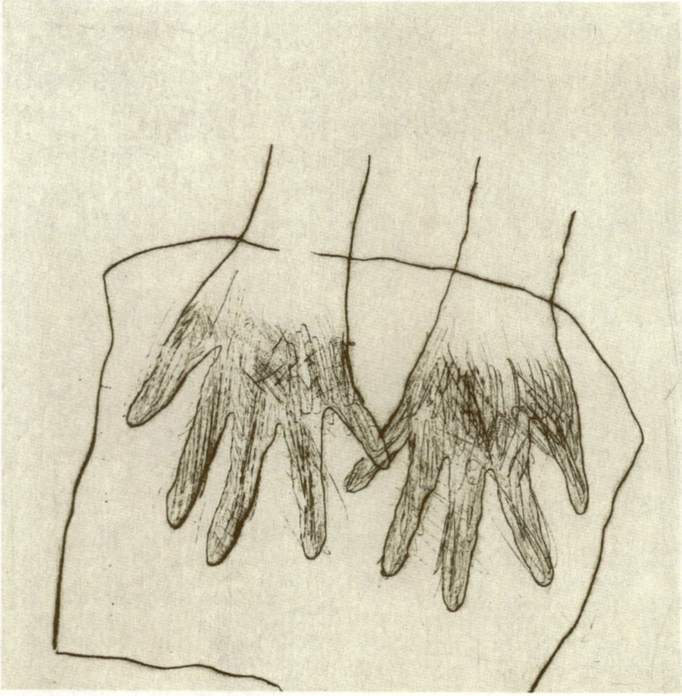

知道《塞西亚组曲》吗？

前面写到过，我收集黑胶唱片。这样的人一般被称作"树脂狂"。对CD毫无兴趣，至于下载之类更是"哪个星球上的故事"了。

有一本布雷特·米兰写的名为《树脂狂们》（河出书房新社）的书，我读的时候不由得连声叫好、点头称是。这位作者的收藏是以摇滚乐为中心，但与音乐的类别无关，"树脂"收藏家拥有普世共通的心态。

这本书开篇就提到了普罗科菲耶夫的《塞西亚组曲》。由水星唱片出品，安塔尔·多拉蒂指挥，伦敦交响乐团演奏，一九五七年录音。相当于世界上最早发售的立体声唱片，以录音精妙著称于世。故事从一批唱片宅男聚集在波士顿郊外，围在一台大型音箱前恭听这张难以入手的唱片开始。

"'摸摸看这个边儿，圆润光滑。'帕特用手指抚摸着唱片边缘，说道。(中略)仔细检查铜版纸的唱片套，凝神查看盘上音槽的末端。那里刻着一个小小的圆，里面是个拉丁字母'I'。这是印第安纳波利斯（Indianapolis）的I，意味着这张唱片是在美国广播唱片公司的印第安纳工厂压制生产的。也就是说跟纯正的毒品一样，既没有混入杂质，也没有做过手脚。"

为了这种微不足道的细枝末节大喜大忧，这种心境只怕除了树脂狂之外，无人能够理解。然而是幸运还是不幸，我是能理解的。顺便说一句，这张LP的拍卖价格大约为一百美元。

说实话，我也拥有一张多拉蒂的《塞西亚组曲》唱片。音槽末端也刻有一个拉丁字母"I"。我以收集爵士乐唱片为主，不过跑进二手唱片行却没有像样的收获时，因为时间有余，便顺便瞅瞅古典音乐货箱。心里嘀咕着"这么干还不得陷入泥沼吗"，但看到有意思又价格适中的，便买下来。《塞西亚组曲》就是其中一张，价钱也便宜（三美元）。在读到这本书之前，还不知道它是如此贵重的东西。

演奏非常精彩，音质也美，很难想象竟然是五十多年前录制的。坐在大型音箱前聆听，简直会立刻被那率直的狂野之风吹走。那粗粝豪放的重量感，正是讲究的现代录音中不知何故丧失的东西。

"音乐一度像骗人似的平静下来,然后铜锣加入,雷声再度响起。'就是它!这才是重金属!'杰夫·康诺利大声说道,它如同原曲的歌唱声部一样,与乐曲十分和谐。'听好了,齐柏林飞艇!你们就是蠢猪!'"

无非就是一张唱片罢了,竟然能兴奋到这种程度,难道你不觉得这非常幸福吗?你不觉得?哦哦,那也无所谓喽。

☺本周的村上　上次兴致来了,去了一趟奄美大岛,因为无事可做,一直在海边拾贝壳。丝毫没有觉得厌烦。

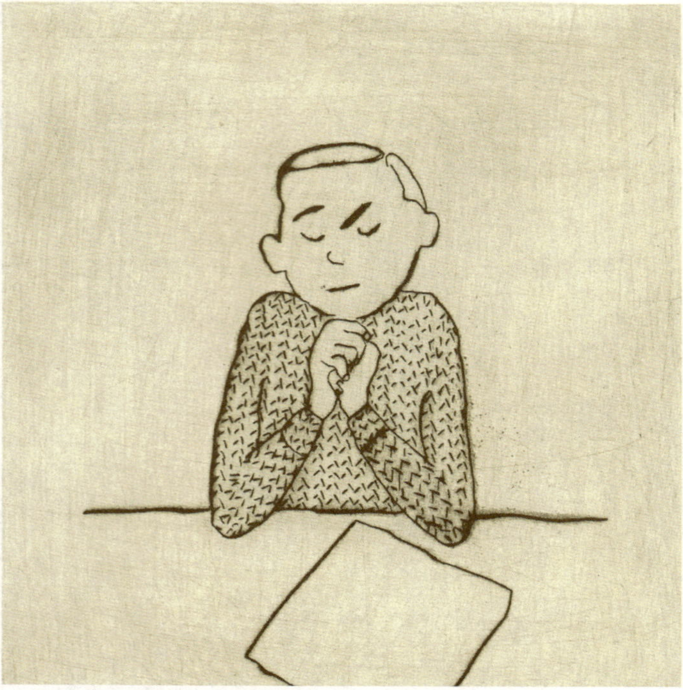

决斗与樱桃

你喜欢樱桃吗？我呢，原先不是特别喜欢，但高中时读了普希金的短篇小说，自那以来樱桃就彻底变成我的至爱。有段时间光吃樱桃来着。

为何读了普希金就爱吃樱桃了呢？你也许会问，也许不问。姑且假设你会问，好把话题推演下去。至于那些觉得"不管你是喜欢樱桃还是讨厌西瓜，这种鬼话我都无所谓，人家忙得很呢"的先生，您就不必接着往下读啦。不过，如此繁忙的话，呃呃，只怕打一开始就不会读这种随笔。

普希金有个短篇小说叫《那一枪》[①]，写了一个十九世纪的

[①] 日本通行的译法，中国通常译作《射击》。

俄国的故事：年轻士官西尔兀与新来的士官怎么都合不来。这位新来的士官不但英俊有教养，还年轻富有，并且很聪明，性格也开朗，深得人心，很快就成了军队中的明星。舞会上，淑女们团团围绕在他身边。西尔兀从前也很惹人注目，如今完全被那位新来的士官抢走了风头，自然是一肚子不满。

两人之间的小冲突接二连三，最终发展成决斗。在十九世纪的俄国，决斗绝不是什么稀罕事（普希金本人就命丧于决斗）。西尔兀神色紧张地来到决斗场，那位英俊的士官却吃着樱桃，一脸满不在乎的神情姗姗来迟。他手上拿着装满樱桃的军帽，吃一颗樱桃，再噗的一下，漫不经心地将樱桃核吐出去。

看到这情形，西尔兀愈加怒发冲冠。这种性命攸关的决斗，在对手眼里不过是日常生活中的一个场景。甚至连自己说不定就要在这个早晨命丧黄泉，仿佛也无非是人生中一个微不足道的插曲。西尔兀感觉受到了莫大的侮辱。

首先由那位英俊的士官开枪，打偏了。这下轮到西尔兀开枪了。然而到了这个地步，对手仍然不以为意地继续吃樱桃。西尔兀放下端好的枪。"我保留放这一枪的权利。"他说。一个面对死亡却毫不恐惧的对手，即便是射杀了他，又有什么意义呢？

此后的故事如何展开？这是一篇有趣的小说，感兴趣的话请您自己读一读。这样的故事，是不能泄露结局的。

读过这篇小说后，我便开始经常吃樱桃。尽管我从未在舞会上被淑女们团团包围，也从不曾惹上决斗事件，不过一吃樱桃便想起这篇小说，也（多少）理解了那不畏死亡的年轻人的心境。手拿装着樱桃的纸袋，悠然地一边吃着，一边漫步街头、坐汽车、看电影。如今偶尔还会吃樱桃，但是无论如何，也无法像从前那般"无所畏惧"，极酷地把核噗的一下吐出去了。大概是因为我亲眼看到过许许多多令人生畏的东西吧。

☺本周的村上　伊丹机场里有一块格力高公司的长跑选手广告牌，上面写着"您不跟我一块儿拍张照片吗"，我当然拍了。

挑战乌鸦的小猫咪

在千驮谷的小马路上散步时，看见一只向乌鸦寻衅的小猫咪。

几只大乌鸦落在树枝上，一只白色的幼猫冲着它们挑衅。当然是乌鸦们个头大，而且力气大，数量多，喙也锋利。假如当真打斗起来，幼猫不会有取胜的希望。绝对没有。但那小猫却严肃地低吼着，勇敢地爬上树枝。为什么要么做，我毫不知情。大概是发生了忍无可忍的事件。

然而，乌鸦们丝毫没有应战的意思，一等小猫逼近，便嘲弄般嘎地发出一声大叫，敏捷地移到近旁其他树枝上去。小猫毫不气馁，转而又向另一只乌鸦挑战，可那只乌鸦也嘎的一声，移到别的树枝去了。随意逗弄小猫咪的情形一目了然。

那时我正好闲着无事（我大多总是闲着无事），便站在那里看了一会儿热闹,不时给幼猫助威:"嗨,加油啊!"这么一来,整个儿就变成声援瘦青蛙的小林一茶了嘛。①

假如对方是个小孩子,而我是从前的剑客,这时就应该说上句"看来你小子前途无量,我要教你修炼武艺,跟我来",可我不是剑客,而对方不过是只小猫,所以也不能这么说。

总之小猫穷追不舍,乌鸦则将对手戏弄一番,就敏捷地展翅溜走。如此反反复复没完没了,我到底是看腻了,便转身离开了。至于后来的情况,我就不知道了。只要没有受伤就好。真是只不谙世事、有勇无谋的小猫咪。

不过细想起来,我年轻时也差不多。尽管人家告诉我"这个对手难缠,没胜算的",但一见到有人不可一世的模样,我就会翘起尾巴气势汹汹地扑上去。并非自吹自擂(时至今日,类似"那种事情要是没干就好啦"的反省也不少),那不过是我的天性。与生俱来的性格无法改变。人不可貌相(可以这么说吗),容易热血冲头。托它的福,我处处吃足了苦头。

对我而言,那群乌鸦总而言之就是"体制"。中心盘踞着各种权威的框架结构。社会框架,文学框架。当时望上去仿佛高耸的石壁,巍然矗立,坚不可破,单凭一己之力不足以抗衡。只是

---

①出自日本俳句诗人小林一茶的俳句"瘦青蛙,别输掉,这里有我一茶"。

如今处处石块崩塌，似乎无法再发挥石壁的功能了。

这或许是值得欢迎的局面。不过说实话，体制坚不可破的时候，才易于和它争斗。就是说，乌鸦们规规矩矩地停在高枝上，才更容易看清它们的阵容。而现在，什么才是值得挑战的对手、该对什么动怒才好，有点难以把握。只能聚精会神仔细观察了。

☺本周的村上　小田原厚木公路上"注意野鹿"的标志牌忽然改成了"注意动物"。那会跑出什么东西来呢？

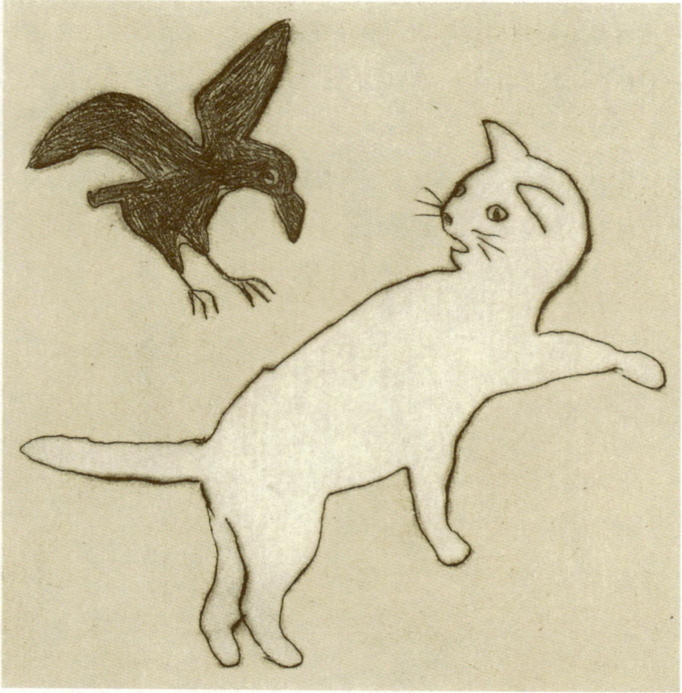

男作家与女作家

　　走到书店里的小说书架前,只见"男作家"与"女作家"往往分架排列。我写的书自然放在男作家架上。按照"あいうえお"顺序排列,大抵夹在宫本辉与村上龙之间。

　　"这种事情难道不是理所当然吗?"也许有人会这么说。不过据我所知,外国的书店基本不会根据著者的男女之别把书区分开来上架排列。我不至于连非洲和伊斯兰国家的书店情况都一一知晓,但至少在欧美没见过这样的分类。都是不分男女,依照拉丁字母顺序排列在同一个书架上。告诉他们在日本其实是那样排的,人人都十分诧异。

　　"在日本好像有种明显的倾向,就是男读者大多读男作家的书,女读者大多读女作家的书。"听我这么解释,他们便问:"假如那样的话,把男女作家分开上架究竟又有什么意义?"这么一说,我也觉得,嗯,没准确实没什么意义。

不如说,将女作家和男作家的书分开,或许更助长了女性喜欢读女作家的书、男性喜欢读男作家的书的倾向,这肯定不是健全的状态。又不是公共浴场,我倒觉得男女作家掺在一起,各种小说摆放在同一个地方似乎更自然。因为生理构造尽管不同,但毕竟都是使用同一种语言,描写同一个世界里的世态炎凉呀。

另一方面(这么说有点那个),外国的大书店里倒是有"男同性恋·女同性恋作家"专架。在日本大致是不会有的。前往光顾的几乎全是男同性恋者或女同性恋者,选购男同性恋小说或女同性恋小说,就是说他们到书店来有明确的目的,看来大有将这一类型单独分开、另外上架的必要。跟日本书店里将男作家与女作家分架排列,是大相径庭的。

换个话题。上次我去附近的鱼行买鱼,只见多春鱼按照男女(即雄雌)分开来卖。价钱则是雄的便宜。雌的腹中有鱼子,价钱相应也更高。雄的看上去纤细苗条,外观神气,可在鱼行老板的眼里,这种一看就没有代谢综合征的体征丝毫不值得表扬。

话虽这么说,可如此贱卖很让人怜悯。尽管事不关己,作为男人,我却为之心痛,所以出于同情:"这个我要啦。"仿佛浦岛太郎救助遭受欺凌的海龟,把雄多春鱼买了回来。可是拿回家烤来一吃，味道根本就不对哦。我再次痛感：多春鱼，还是雌的好啊。

男作家也千万不能变得像这雄多春鱼一样，必须不逊色于女作家，写出美味的小说才行。我啜着缔张鹤牌的"纯"，嘎巴嘎巴地吃着味同嚼蜡的修长的多春鱼，也没个清晰的脉络，一个人这么提醒自己。

我的小说读者打一开始，就一贯是男女参半。而且女读者中以美女居多。真的哟。

☺本周的村上　上个月听了艾瑞莎·弗兰克林唱的《我的路》，第一次感到：哟，这曲子很不赖嘛。

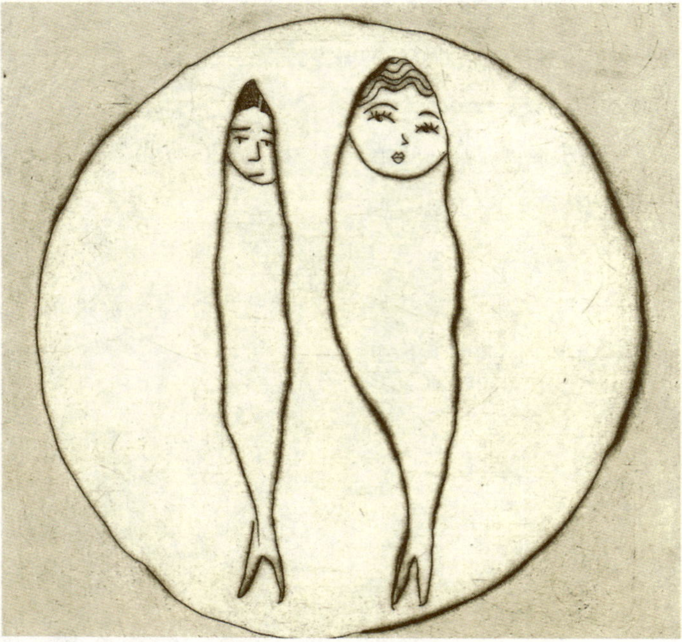

June Moon Song

甲壳虫乐队解散，成员们各奔东西开始单独活动后不久，保罗·麦卡特尼如日中天，接二连三地推出新唱片，多数都在畅销排行榜上名列前茅。相比之下，约翰·列侬的活动较为低调，至少不能说是在商业上大获成功。这个嘛，呃，本来就是个人风格导致的，原也无奈。保罗的歌曲有种令人惊愕的明朗，世人皆能理解；而约翰的音乐里常常带有某种厌倦。不过，这难免让约翰觉得无趣。

就在这个时候，听到收音机里播放保罗的歌曲，约翰嘟嘟囔囔地发牢骚，妻子洋子便安慰他："没什么好介意的，约翰。不就是 June Moon Song 嘛。"我没有当场听到这番对话，当然没办法辨别真伪，但读到过这段逸闻。

"June Moon Song"的意思，简单地说就是指信笔涂鸦、漫不经心地写出来的曲子。把"六月（June）"和"明月（moon）"信手拈来押韵。洋子大约是想说，像这种老生常谈、缺乏新意的音乐大受世人的追捧，又有什么办法呢。

我个人比较喜欢保罗风格中的轻快之感，话虽如此，还是他在甲壳虫乐队时代的音乐有种独特的紧张感。大概是与约翰携手组建乐队，彼此互相刺激、互相牵制，才能产生那种紧张感吧。但是在保罗后来的歌曲里，这样的深度稍稍减弱了。而在约翰的音乐里，从前那种"不加掩饰的清新"兴许也变得淡薄了。即便有开放性呀成熟感呀取而代之，可也正说明甲壳虫乐队是那么一支奇迹般的乐队啊。虽然事到如今，我再说这种话也没啥意思了。

说到六月，我想起了伯顿·莱恩作曲的《你呢？》。

"我最喜欢纽约的六月，你呢？我还喜欢格什温的乐曲（tune），你呢？"

在这里，"June"跟"tune"押韵。这也是，呃，相当"信手拈来"啊，搞不好要遭到洋子女士的批评。不过这是一首洒脱迷人的歌。每当六月来临，我就想听听弗兰克·辛纳屈演唱的这首轻快动听的歌。

刚开始在美国生活时，我曾在大学健身房的更衣室里换衣服，因为周围没人，便无意识地哼着山姆·库克的老歌。我刚刚唱了一句"Don't know much about history（不太了解历史）"，隔了大约三排的衣帽柜那边，便有个人时机绝妙地接上来唱："Don't know much about biology（不太了解生物学）。"这时，我再次深深感受到："啊啊，是呀，我来到美国啦！"

这个韵脚押得也是"信手拈来"到了极点，不过，真是一首好歌哟。歌名叫《美妙的世界》。听着听着，或者说唱着唱着，忍不住就想谈一场恋爱。

☺本周的村上 我曾用"榔头"和"笋干"押韵写过歌词①，这是不是也太"信手拈来"啦？

---

①日文中"榔头"和"笋干"尾音都是 ma。

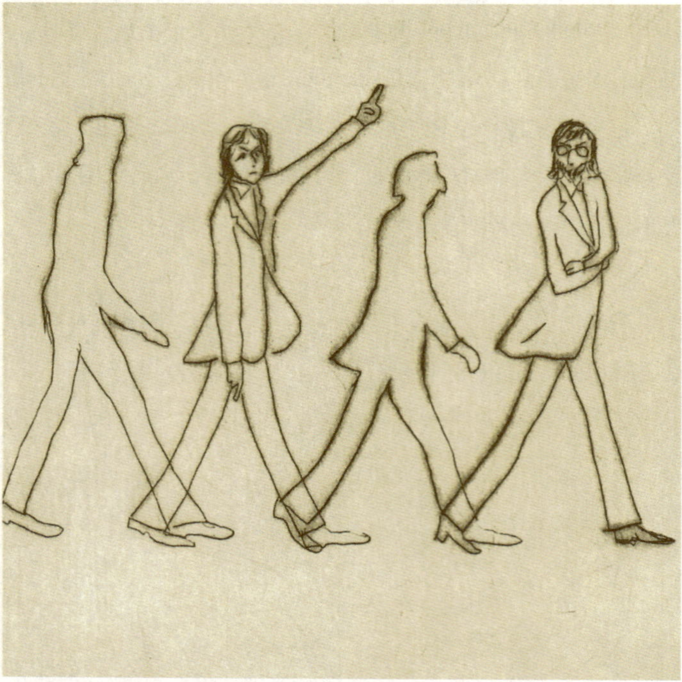

威尼斯的小泉今日子

二十世纪八十年代中期,我在罗马住过几年。村上龙因公要来意大利,好心地跟我打招呼:"有什么需要的东西?我给你带去。"我便说:"那,我想要日语歌磁带。"那还是索尼随身听刚刚问世时的事。他酌情挑选了大约五盒歌带,带了过来。

这当中我最中意井上阳水和小泉今日子,时常听。比如《底片》与《古典歌谣》。耳中从早到晚充斥着怒气冲冲的罗马口音意大利语,准是已疲惫不堪的缘故吧,日语的语音听上去十分悦耳。

稍后不久,我独自一人去威尼斯旅行。当时,我个人遇到了非常艰难的局面,郁郁寡欢,意识就仿佛是一盘散沙,再也无法凝聚。因此我停止了思考,将大脑尽可能清空,一味地在陌生的街头东奔西走，用随身听反复播放同一支曲子。

　　春天的威尼斯是个美丽的地方，但关于那次旅行，我心里却只记住了运河水面反射的安宁的光芒，以及耳机里重复播放的小泉今日子的歌。可是明明听过无数遍，却想不起歌词。旋律与歌声留存在记忆里，可内容却近乎空白。日语的语音和它作为文字传达的信息没有串联起来——或许就是这么一回事。

　　然而正因为不相串联，这些歌才化作了零零碎碎的暗号，它们的声响才会在异国他乡保护了我。我觉得是这样，尽管无法解释明白。

　　在迄今为止的人生中，我有过好几次真切地感到哀痛的经历。那是一种一旦经历，身体各处的结构就必将发生变化的残酷事件。当然，谁都不能毫发无损地走完一生。不过每一次，那里都回响着特别的音乐。或者说，大概每一次在那个地方，我都需要有特别的音乐相伴。

　　有时候那是迈尔斯·戴维斯的曲集，有时候则是勃拉姆斯的钢琴协奏曲，还有的时候就是小泉今日子的音乐磁带。音乐在那个时候碰巧就在那里。我无心地拿起它，当作肉眼看不见的衣裳披在身上。

　　人们有时会把内心的哀痛和辛酸寄托在音乐上，以免被那份重荷碾压成齑粉。音乐便具备这样的实用功能。

小说也具备相同的功能。心灵的苦楚与哀痛虽然是个人的、孤立的东西，但在更深的层面上，又是可能与别人分担的东西，是能被悄然编织进共通的辽阔风景中的东西。正是它们，把这些告诉了我们。

我想，要是我写的文章能在这世界的某个地方发挥相同的作用，那就好啦。我打心底这么想。

☺本周的村上　你见过并排贴着"嫩叶标志"和"红叶标志"①的汽车吗？我可不太想靠近哦。

---

①在日本，75岁以上的老人允许驾驶汽车，但必须在车上贴"红叶"标志。

后记 有幸为村上画插画

我做梦也没有想到，村上春树先生会再次在《an·an》上连载随笔专栏"村上收音机"。

听说跟上回一样，要用我的版画做插图，我竟然因为太高兴而手足无措。

十年前负责《an·an》随笔连载专栏"村上收音机"的主编铁尾先生，现任第二书籍部主编（好像这次也是他约来的稿子），他感慨良深地说："果然去对啦。"我想现任《an·an》主编的熊井先生和现在的责任编辑郡司先生，一定都会很满意地说："干得好啊！"

这样一种惊喜，就存在于幕后。其实大家都是带着特别的紧张之感，各自做着自己那份工作（本书收录了一年的文章，而

连载还在继续)。如果我说难得有工作让我产生这样的心情,只怕会招来斥责:

莫非别的工作,你就觉得无所谓吗?

不过村上春树先生的工作对我们而言,老实说就是特别。为什么说特别呢?因为我是他的铁杆粉丝。而从编辑的角度来看,则是因为村上先生虽说是位世界级的人气作家,却并不是到处都写文章,或者说很少写随笔连载。

我猜想其他的编辑大概会觉得奇怪:为什么是《an·an》呢?十年前为《an·an》连载的"村上收音机"画版画插图时,就有过好几位编辑向我提问:"为什么会是你?究竟是因为什么找上你的?"

我从事插图工作已经有很多年了,却几乎从来没有人提出这样的疑问。就因为村上春树先生是一位特别的作家,周围人的兴趣也就更强烈。

就幕后工作来说,我可算是得到了一份超级幸运的活计,但要说我是不是每个星期都画得很好,可就没那回事了。那张画得挺好,但这个星期画得不行——类似的情况也多得是。但既然让我负责这份特别的工作,我就得始终非常用心:明天一定要画出好画来。

继十年前的《村上收音机》第一部之后,第二部也由设计师葛西薰先生做成了精美雅致的书。看到正文和封面的初样,我再次为自己有幸参与《村上收音机》的工作感到高兴。现在我一心盼望着这本书早点出版。

村上春树先生,谢谢您。

大桥步

图书在版编目(CIP)数据

大萝卜和难挑的鳄梨/〔日〕村上春树著;〔日〕大桥步插图;施小炜译.—海口:南海出版公司,2014.10
(村上Radio)
ISBN 978-7-5442-7405-0

Ⅰ.①大… Ⅱ.①村…②大…③施… Ⅲ.①随笔-作品集-日本-现代 Ⅳ.①I313.65

中国版本图书馆CIP数据核字(2014)第194614号

大萝卜和难挑的鳄梨.村上Radio

〔日〕村上春树 著
〔日〕大桥步 图
施小炜 译

出　版	南海出版公司　(0898)66568511	
	海口市海秀中路51号星华大厦五楼　邮编 570206	
发　行	新经典发行有限公司	
	电话(010)68423599　邮箱 editor@readinglife.com	
经　销	新华书店	

责任编辑　翟明明
特邀编辑　朱文婷
装帧设计　金　山
内文制作　田晓波

印　刷	北京中科印刷有限公司
开　本	787毫米×1092毫米　1/32
印　张	7
字　数	136千
版　次	2014年10月第1版
印　次	2024年12月第24次印刷
书　号	ISBN 978-7-5442-7405-0
定　价	39.00元

版权所有,侵权必究
如有印装质量问题,请发邮件至 zhiliang@readinglife.com

著作权合同登记号　图字：30-2012-055

OOKINA KABU, MUZUKASHII ABOKADO - MURAKAMI RADIO 2
by Haruki Murakami
Copyright © 2011 Haruki Murakami
Illustrations © 2011 Ayumi Ohashi
All rights reserved.
Originally published in Japan by Magazine House, Tokyo.
Chinese (in simplified character only) translation rights arranged with
Haruki Murakami, Japan
through THE SAKAI AGENCY & BARDON CHINESE CREATIVE
AGENCY LIMITED, Hong Kong.